バカの瞬発力

ゲッツ板谷
西原理恵子=絵

角川文庫 12868

カバーイラスト+漫画：西原理恵子
挿絵：ゲッツ板谷
本文+カバーデザイン：坂本志保

バカの瞬発力◎目次

VS 銀角

◆マンガ◆

……はじめに

「バカのディズニーランド」

オレんちは、よく人からそう形容される。

無理もない。家族は元より、オレんちに集まってくるのは、どういうわけか昔からバカや危ない奴ばかり。よって、毎日信じられないようなことが次々と勃発《ぼっぱつ》する。

オレはそのストレスを少しでも発散するため、自分の身の回りで起こったことをある雑誌で毎月報告するようになった。

そして、5年経ったある日のこと。二見書房の岡田さんという人から電話がかかってきて、その連載を1冊の本にしたいという。で、こういう本が誕生してしまったのである。

自分が書いた原稿。それをもう1度読み直してみると、オレはある重大なことに気がついた。つまり、オレは適当に頭のイイ人には全く興味がなかったのだ。…なぜか？　それは読めてしまうからである。

たとえば、そういう人たちと野球の観戦に行く。すると、予想通り変なメガフォンを買って適当に盛り上がり、ビール売りのネエちゃんを横柄に呼びつけ、帰りに中途半端なレストランに入る。で、その店での話題といえば、今のガキは常識を知らないとか、大してつきあいもない誰と誰が悲惨な別れ方をしたとか、来年あたりに今の会社を辞めて独立したい(絶対に辞めない)…といった、これまた予想通りの内容。そして、家に帰ってくると、オレはドエラく損をした気分になる。

ところが、バカと野球を観に行く。すると、誰かとケンカして返り血を浴びたまま待ち合わせの場所に現れたり、シャケ弁を買ってシャケは嫌いだと残したり、隣の赤の他人に突然「ホントの気持ちをわかってくれよっ!」と訴えかけたりする。…そう、全然読めないのだ。で、家に帰ってみると、不思議と(しんどかったけど結構楽しかったなぁ〜)と思えるのだ。

で、そんな奴ばかりが何でオレの周囲に集まってくるかというと、バカが寄ってくる香りをオレ自身が発散していたのである。つまり、オレもバカだったのだ…。

この本はオレにそのことを気づかせてくれた。つくづく感謝したい。

今から だらだらと続くよ 板っちとわたくし その①

バラっち ボキの
単行本がでるから
まんがを
かいておくれな。
いや
うわあ
私の頭の上に
いたっちの
ちんこが
ぜったい

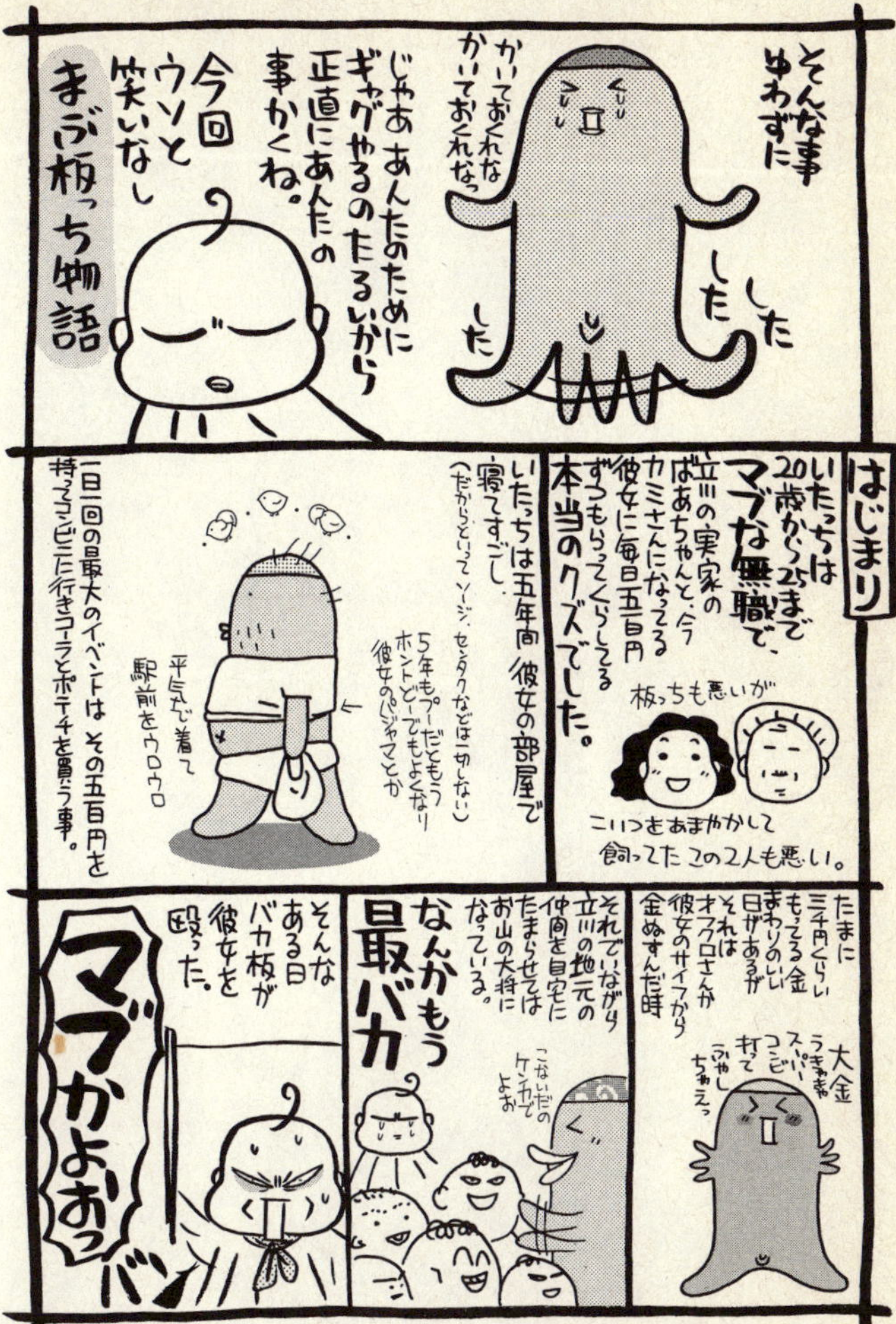

そんな事ゆわずに
かいておくれな
かいておくれなっ
した
した
した
じゃああんたのためにギャグやるのたるいから正直にあんたの事かくね。
今回ウソと笑いなし
まぶ板っち物語
はじまり
いたっちは20歳から25までマブな無職で、立川の実家のばあちゃんと、今カミさんになってる彼女に毎日五百円ずつもらってくらしてる本当のクズでした。
板っちも悪いが
こいつをあまやかして飼ってたこの2人も悪い。
いたっちは五年间 彼女の部屋で寝てすごし。
(だからといってソージ、センタクなどは一切しない)
5年もプーだともうホントどーでもよくなり彼女のパジャマとか
平気で着て駅前をウロウロ
一日一回の最大のイベントは その五百円を持ってコンビニ行きコーラとポテチを買う事。
たまに三千円くらいもってる金まわりのいい日があるが それはオフクロさんか彼女のサイフから金ぬすんだ時
大金
うきゃきゃ
スーパーコンビニ
打て
ふやしちゃえっ
それでいながら立川の地元の仲间を自宅にたまらせてはお山の大将になっている。
なんかもう最バカ
こないだのケンカでよぉ
そんなある日バカ板が彼女を殴った。
マブかよぉっ
バン

VS
西原理恵子

西原理恵子◎さいばらりえこ

1964年高知県生まれ。武蔵野美術大学卒。大学在学中から漫画家として活躍。著書は『まあじゃんほうろうき』『恨ミシュラン』『鳥頭紀行』など多数。97年『ぼくんち』で第43回文藝春秋漫画賞受賞。ゲッツ板谷とは10代の頃からの友達。ゲッツにライターとしての道を開いた人物でもある。が、元ズベ公。

……オレの第2の人生スタート　サイバラとの出会い

…さて、第1話目のクリスタルエピソードは『オレたちの出会い』ということで。

…ドコがクリスタルなんだよっ、アンタとの出会いが。

…宝石みてーだったじゃねえかよっ。水中でグリム童話を読み合ったり、お互いの裸体に口に含んだテキーラを吹きつけ合ったりして。

…のっけからウソをつくなっ、ウソを!!

…ま、オレたちは美大受験のための予備校で知り合ったんだけど、オレがAクラスで、サイバラがDクラスだったんだよな。

…アンタはそんなことだけはよく覚えてるな…。

…で、Aクラスの生徒は最初から石膏《せっこう》デッサンをやらされたんだけど、おメーのクラスなんて最初の3カ月は毎日、シャドーピッチングだったもんな。

…だからフカシを入れてんなよ！　A、B、C、Dって、ただランダムに4クラスに分けられただけだろっ。

…いやぁ～、とにかくダマされましたよ、アンタには。

…アタシが何をダマしたんだよっ⁉

…いや、だってさ。その予備校に入学して5日目だよ。同じクラスの奴が「Dクラスにビーナスみたいな女がいるぜ」なんて言うんだわ。で、一緒に覗《のぞ》きに行ったんだよ、Dクラスの教室を。そしたら、ベランダでバージニア・スリムを喫ってる女がいてさぁ。確かに肌は絹のように白いし、身体はエンピツのように細くて、栗色のフラッパーにした長髪が風にユラユラ揺れててさぁ。おまけに、ゲーテの詩集なんか読んでやがんだよ。

…そんな娘いたっけ？

…それがおメーだったんだよっ!!　ところが、何のことはない。フタを開けてみりゃあ、たんなる女ヤクザじゃねえかよ！

まずはさくらんぼうな、であいから話してみようじゃないか。

…誰がヤクザだっ！

…おメーは覚えてねえのか？「7万円の仕送りで4万円のアパートに住んでるから、1日1食しか食べられない」なんて言うからオレんちに招待したろ。そしたら、人んちの冷蔵庫の中のモノは全部食うわ、うちのバアさんが大切にしてる年代物の梅酒は全部飲んじゃうわ、オレの親父をSEXの操り人形にするわ。

…ウソつけいいいいっ!! 第一、あの当時のアンタの家は人を招待できるような家じゃなかったろ！ 4畳半と6畳の2間に家族5人が住んでやがって。アンタなんか学習机の下に頭を突っ込んで寝てたし、弟なんてハンモックでミノ虫みたくなってたじゃない。

…じゃあ、何でそんな家にちょくちょく来てんだよっ！

…食い物があるからだよっ。

…ゴキブリかっ、貴様は!! この、人でなし！

…人でなしはアンタのほうだよっ。クラスメイトを予備校の階段の5階から1階まで延々と蹴《け》り落としたり、課題をやってこなくて逆に講師を殴っちゃったり。

…あのなぁ、あの予備校はオレの地元にあったんだよ。そんなドコの馬の骨ともわからない奴にデカい顔されてタマるかよっ。

…そういう問題じゃないでしょ！ みんな絵の勉強をしにきてるだけなんだよっ。しかも、アンタは夏には予備校に来なくなっちゃったのにもかかわらず、毎日のようにシャコタンのフェアレディZで予備校の周りをグルグル回ってたじゃない。

…いや…なんか淋《さび》しくてさぁ。

…だったら素直に予備校に来ればいいじゃねえかっ、大バカ野郎！　しかも、翌年には図々しくアタシと同じ武蔵野《むさしの》美術大学を受験してさぁ。合格するとでも思ってたのかっ。それ以前に、どうして美術の予備校なんかに入ったのよ!!　絵なんかに全然興味がなかったくせに。

…SEXをするためだよ！　あの予備校はフリーSEXだっていう噂もあったし…。

…フレックスタイムの間違いなんだよっ！　しかも、アンタは受験のときに絵の具を忘れてったって話じゃない。それでどうやって受験が成立するんだよ!?

…だから、隣の席の奴に絵の具を貸してくれって言ったんだよ。そしたら「ダメです」なんてヌカしやがってさぁ。

…当たりメーだよっ。一世一代のスカイダイビングをしようってときに、パラシュートを貸してくれって言われて、自分のパラシュートを貸すバカがドコにいるんだよ！

…でも、「なぁ、貸せよ。貸してくれたっていいじゃないか。貸せよ。貸す人になれよ。貸したほうがいい。貸すときだ」ってズーッと言ってたら、ようやくオレンジ色の絵の具を1本だけくれたんだわ。で、その後で試験官から発表されたテーマが『涼しさを感じさせる風景を描きなさい』。

…思いっきりアウトじゃん。アンタが持ってるのはオレンジ色だけだし…。それで、どうしたの？

…火の中でジッとしてるダルマを描いた。涼しげな表情の。

…トンチなんだよっ、それじゃあ。

…でも、オレ的には合格すると思ったんだよな。前日の英語のテストがスラスラ解けちゃったから。

…それって、アタシが受けたのと同じ長文解読の問題だったでしょ。確か『アリの一生』の話だったよね。

…そうなんだよ。で、オレは英語だけは中学時代から得意だったから、スラスラわかっちゃったんだよ。ところが、肝心の『ANT』って単語をオレは『おばあさん』って訳しちゃって。すべての解答の主語が『おばあさん』になっちゃったんだ。…おかしいと思ったんだよな。1本の木に千人のバアさんが住んでたり、スズメバチに頭からバリバリ食べられたりするわけねえんだよなぁ。

…プハッハッハッハッハッ！　やっぱりアンタって本物のバカだよ。でも、美大なんて受かんないほうがよかったよ。あんなところに通っても結局は何も役に…。

…出たよっ！　サイバラリエコ特有のカッコつけが。ふざけるんじゃねえ！　知ってるぞ、おメーは合格発表の日、自分の受験番号を見つけて掲示板の前でワンワン泣き吠《ほ》えたらしいじゃねえかっ。

…い…いいじゃないよっ。暴走族の後輩に合格発表を見に行かせて、自分の番号がないって言われたら、その後輩にヤキを入れたアンタよりは百倍マシなんだよっ。

…バカ野郎！　その後でオレだって自分の部屋で泣き吠えたんだよっ。

…何で泣けるんだっ⁉　まったく受験勉強をしてなかったアンタが‼

…家族がバカでかいケーキと鶏のモモを用意して待ってたからだよ！

……やっぱり壊れてるな、アンタんとこは家族ぐるみで。

……バカのサラブレッド　ゲッツの弟の実力

…アンタの地元の友達から聞いたんだけどさ。アタシが思ってた以上にバカなんだって、板谷家って？

…この野郎っ、オレにケンカを……ふう〜っ…そうなんだよ、凄《すご》いバカなんだよ。とくに、バアさん・親父・弟……このゴールデンラインが。で、その中でも最も強烈なのが例の弟でよぉ。

…どう強烈なんだよ？

…どうしても知りたい？

…うん。

…じゃあ、バレンタインのチョコを目の前で叩《たた》き割られた女のような目をして、小刻みに2回震えてみ。そしたら教えてやるよ。

…いいから話せよっ、とっとと!!

…まず、飼ってたカナリア。それをキレイにするつもりでシャンプーで洗い殺したのが7歳のときだろ。で、親戚《しんせき》の結婚式で新婦に花束を渡した弟が「ボクは将来、何になりたいの?」って司会者に尋ねられて、真顔で「馬!」って答えたのが10歳のときだろ。そんで、ホチキスを借りようとして奴の机の引き出しを開けたら、そのすべてに爆竹だけがギッシリ詰まってたのが13歳のときだろ。

…………。

…そんで、弟が取り返しのつかないバカになってることが判明したのが、奴が高校を受験するときでさ。試験の前日に「ねぇ、お兄ちゃん。明日の英語のテストはヒアリングって書いてあるんだけど、ヒアリングって何?」なんて尋ねてくるんだ。

…ちょっと待ってよ…。英語の試験がヒアリングっていったら、かなり偏差値の高い高校じゃん。

…だって、第1問目が『ラビット』だよ。

……ねぇ、それってただの英単語でしょ。

…だから、それほどレベルの低い高校を受けたんだっつーの。…で、翌日だよ。受験をすませた弟が帰ってきてよぉ。「どうだった?」って聞いたら「うん、バッチリ!」なんて答えるんだよ。

…だって、バッチリも何も、第1問目が『ラビット』だろ。

…ところが、弟の奴、それを『うずら』って訳してんだもの…。

…ウソだろ、おい…。

…そんで、2問目は『ガール』だっていうから、答えを聞いたら「そんなのバカだってわかるよ『少女』でしょ」って言うんだ。そんで、少しホッとしたんだけど、念のために近くにあったチラシの裏に『しょうじょ』と書いてみろって命じたら、余裕の表情で『小女』って書きやがってよ。…結局、奴の英語って0点なんだ。

…落ちたろ、その高校…。

…ああ。数学と国語も0点だったみたいだしな。おまけに、面接のときに「なんで当校を志望したのですか?」って尋ねられて、「ボクはまだ死んでません」って答えちゃったみたいだし。

…ブハッハッハッハッハッ!! 『志望』と『死亡』を間違える奴がいるかよっ、ブハッハッハッハッハッハッハッ!!

…ま、それでも何とかダメ高校の2次募集にひっかかったんだけどさ。ところが、うちの弟って入学式の日に、その高校の校門をタバコを喫いながらくぐっちゃって、いきなり1週間の停学だよ。しかも、ベッチョにいたっては、同じく入学式の日にバイクで登校しちゃって、その日のうちに退学処分を言い渡されたっていうんだから…。

…誰だよ、ベッチョって…？

…あ、まだ紹介してなかったっけ…。うちの弟の小学校時代からの親友でよぉ。コイツもの凄いバカなんだ。中学1年の頃まで、テレビの天気予報を昔の戦争の解説をしてると思い込んでてさぁ。

…教えてやれよっ、親も！

…で、ある日のことだよ。弟とベッチョが、うちの茶の間で履歴書を書いてるんだ。そんで、何でそんなモノを書いてるのか尋ねたら、ほら、2秒で高校生活を終えたベッチョ。奴は近所のペットショップに就職したいらしくてな。うちの弟も同じくその店で土・日にバイトするつもりだって言うんだ。

…意外と前向きな面もあるんじゃない…。

…で、何の気なしに2人の履歴書をのぞき込んだら、オレ、吹き出しちゃってさぁ。

…えっ、どんなことが書いてあったの？

…だって、趣味の欄にベッチョは『珍味』って書き込んでて、うちの弟は『ボクをぐいぐいリードしてくれる人』だよ。

…ブハッハッハッハッハッハッ!!　『趣味』と『女の好み』を混同しちゃってんじゃ

ねえかよっ…ブハッハッハッハッハッハッハッハッハッ!!

…しかも、扶養家族の欄には、ベッチョが『いいと思う』で、うちの弟は『7人家族。それと犬が1個います』だもの…。

…ブハッハッハッハッハッハッ!! や、やめ…ブハッハッハッハッハッハッ!! …く、苦し…ブハッハッハッハッハッハッハッ!!

…そんで、それだけでも2人の不採用は決定的じゃん。ところが、テーブルの上にあった新聞の折り込み広告。その中のペットショップの求人枠を見た途端、身動きができなくなっちゃったんだよ、オレ。

…はぁ? 何が書いてあったの。

…だって、その枠の中には大きな文字で『資格▼高卒以上の女性に限ります』って書いてあるんだぜ。……どうして気がつかねえんだろ。自分たちは問題外ってことを…。

…なぁ……ちなみに、アンタの弟って今いくつ?

…今年で26だけど。

…で、今は何やってんの?

…今は無職だよ。先月、『トラックが青じゃないから』って理由で、隣町にある運送会社を辞めちゃったから。

…なんだかわからないけどチャンピオンだわ、アンタの弟って…。

……初出勤は自分の部屋　インチキ社会人生活

…ところで、アタシが美大に入った年、アンタもしょうもない専門学校に入ったじゃん。それから5〜6年、アンタとは会ってなかったけど何やってたの？

…立派に卒業しましたよっ、その専門学校を！

…エバって言うことかっ！　…で、ちゃんと就職したの？

…いや、しなかった。だって、自分の絵を持参して各デザイン会社の面接を受けたんだけど、どこからも採用の通知がこないんだもの。

…まさか、ああいう絵を…。

…ん、オレの絵って見たことあるっけ？

…何枚も見たよっ。予備校で『安らげるイメージを描きなさい』って課題が出たときに、アンタだけだったろっ。カブトガニのようなヘルメットをかぶった巨大な女が息を吐いて、街中の人がみるみる化け物になっていく…なんて絵を描いてたのは！　どうして描

くモノすべてが地獄絵になっちゃうんだよっ⁉

……ま、そんなわけで就職口を見つけ損ねちゃってさ。だから毎日、パチンコ打ってた。

…親は何も言わなかったのかよ…。

…いや、親は会社に行ってると思ってたから。

…はぁ？

…オレ、専門学校行ってるときから、ほら、家がメチャメチャ狭かったろ。だから、物置小屋を改造した離れに1人で住んでたんだよ。で、朝7時頃、家族と一緒にメシ食って「いってくんぞ〜！」って言ってさぁ。歩いて30歩ぐらいの離れに入って、ドアのカギを閉めちゃう。そんで、ゴロゴロしたり、両足をピーンと伸ばしながらセンズリをコイたり、イヤホンでテレビを見てたりしてたんだ

若い頃からちんこが大きくてひとより

わ。で、夕方の5時頃に離れから出てって、母屋に「ただいま～。とりあえずビール！」って帰ってた。

…自分ちの敷地内ですませてたのか、すべての物事を…。じゃあ、金もなかったんだろうし、どうして毎日パチンコができたんだよ？

…そのインチキ社会人生活を始めて、1カ月ぐらい経った頃だったかなぁ。例のごとく朝飯を食って、離れの部屋でゴロゴロしてたらドアがノックされるんだよ。で、ジッとしてたら、「お兄ちゃ～ん。いるのはわかってるよ～」って弟の声がするんだ。

…情けない…。

…で、しょうがねえから、弟を部屋の中に入れて『よく聞け。今、お兄ちゃんはある組織の力によって非常に苦しい立場に立たされてる』てなことを打ち明けたわけだよ。

…他人のせいにしてんなよ！　しかも、組織の！

…すると次の日から、弟が毎朝オレに1万円をくれるようになったんだ。

…1万円って…。アンタの弟はそのとき、高校生だろっ。どうして、そんな金があるんだよ!?

…その当時、オレの弟はパチスロで稼いでてさぁ。それで稼ぎの一部をオレにまわしてくれてたんだわ。

……なんだか知らないけど、アンタの弟ってイイ奴じゃん。昆虫よりバカだけど。

…それからだよ、オレが針すなおばりの行動派になったのは。まず、朝飯を食ったら、食卓の下づたいに弟に1万円を手渡されて駅に向かうだろ。そんで、駅の手前にある『シャノアール』ってサ店に入って、コーヒーを飲みながら『春色のステップ』という小説を40分ぐらい執筆。それから、約10キロ離れた福生《ふっさ》市にあるパチンコ屋に歩いて通ってたんだよ。

…何なんだよ、その『春色のステップ』っていう小説は？

…通算13回のレイプをされた女が主人公でよぉ。己の肉体を武器に漁船の上でタバコを喫ったり、高層ビルの屋上からタメ息をついたりっていう…。

…13回もレイプされたこと以外は全然大した話じゃねえだろっ、それじゃあ！　しかも、タイトルが全然マッチしてねえんだよ！

…でな、福生のパチンコ屋に着く頃には、ちょうど10時の開店になっててさぁ。そんで、ハネモノをずーっと打ってると、だいたい夕方の5時頃には所持金がキッチリとゼロになるんだわ。

…おい、同じ店にそんだけ通ってれば3日に1度ぐらいは勝てるようになんだろっ、普通は！

…ところがだよ。そういうパチプロ生活を送ってるうちに…。

…毎日負けてるパチプロがドコにいるんだよ！

……ま、そういう生活をしていて2カ月ぐらい経った頃だよ。弟が通ってるパチンコ屋がパチスロを新しい種類に替えちゃって、それからというもの全然稼げなくなっちゃったらしいんだわ。で、オレも自動的に1万円をもらえなくなっちゃって、結局はまた部屋でゴロゴロしてんだよな。そしたらある日、部屋のカギを閉め忘れて、そこをオフクロに思いっきり開けられてバレちゃった。働いてないことと、オナニーのときだけサウスポーになるってことが。

…オナニーまで見つかってんじゃねえよ！　…で、ようやく働くことになったの？

…いや、親にバレちゃった以上、今度は母屋のほうで堂々とゴロゴロしてた。

…アタシが母親だったら刺してるな、アンタのこと…。

……本邦初告白！　オレがライターになった理由

…そういうインチキ社会人生活をしているうちに、アッという間に半年ぐらい経っちゃってよぉ。ある日、ヤクザの伯父《おじ》さんがうちにヒョッコリ遊びにきたんだよな。そんで「お前、平日の昼間にこんなところで何でチンボコいじくってんだ？」なんて聞いてくるんだよ。で、事情を話したら「そうかぁ……。組にでも入るか？」なんて真顔で言うから断ってよぉ。

…何で断ったのよ。向いてるじゃん、アンタ。

…いや、なんだか知らんけど痛そうだったからさぁ、ヤクザって。…そしたら翌日だよ。その伯父さんから電話がかかってきて、「お前を雇ってくれるデザインの会社があるから来い」って埼玉県の大宮《おおみや》まで呼び出されちゃって。変なワンルームマンションに案内されたら、机が1個だけあってさ。ソコに40代後半くらいなのにリーゼントのオッさんが腰かけてるんだよ。で、オレの顔を見た瞬間に、そのオッさん「採用！」ってオレのこと指さしちゃって。

…あからさまにヤバいな。…ま、でも、無事に就職が決まってよかったじゃん。しかも、デザイン会社だったんでしょ。

…オレもそう思ったんだよな、最初の2秒は…。ところが、その会社はリーゼントの社長の他にはオレしか従業員がいなくて、しかも、1週間前に設立したばっかの会社だっていうんだから。そのうえ、デザインっていっても、ほら、新聞の朝刊に求人広告がときどき挟まってんだろ。アレを作る会社なんだよ。

…ま、何を作るんでもいいんだけど、つまり、雇われの身で創始者になれってことだな。平たく言うと。

…そうなんだよ。で、翌日からそのマンションの近所の工場なんかに「求人広告の○○タイムスといいますが、2万円で求人広告が出せるんですが、どうでしょうか？」なんて営業にまわされちゃって。そんで、なかには「うるさい！　じゃまだっ、ドケ！」なんて言うオヤジがいて。コッチもトサカにきて、そのオヤジの後頭部をつかんで近くのブロック塀に打ちつけちゃったりしてさ。

…打ちつけてどうすんだよっ、営業だろ！

…ま、結局そうやって暴力にモノをいわせてたら、7～8社の依頼を取りつけることができたんだわ。そうなったら今度は広告作りだよ。ところが、教えてくれる人が誰もいないだろ。だから、適当に勘でレイアウトして、コピーを考えるんだよ。

…コピーって？

…ほら、『イイ職場、イイ人材♡』とか『明るく元気な会社です！』とかいうやつ。だけど、そんなコピーじゃつまらねえだろ。で、オレ、メチャメチャ凝ったコピーをつけちゃったんだよ。

…どんなやつ？

…『求む！　ヤル気小町！　疲れたら純トロ吸っちゃえ!!』とか『グラハム・カーも緊急来日！　あなたが作ったナポリタンにケネディも天国からＹＥＳ！』。…そうそう、『男は鉄だ！　溶接だ！　そして、家に帰ったら新妻を思いっきり抱けばいい…』なんてのも作った。

…性生活まで指導してどうするんだよっ、たかがチラシのコピーで！

…おまけに、ほら、ああいう広告には小さなイラストもところどころに入ってんだろ。たとえば、洋食屋の求人広告だったら、フライパンを持って笑ってるコックとか。ところが、オレが描くとやっぱり地獄絵になっちゃうんだよ。白目のない狼カットのウェイトレスとか、三白眼で青竜刀を持って仁王立ちしてるコックとか。で、一つぐらいは可愛くし

なきゃいけないと思って、ヘルメットを被《かぶ》った電気技師をアニメタッチで描いたんだよ。そしたら、意に反して『八つ墓村』で32人殺しを達成した山崎努《やまざきつとむ》みたくなっちゃって。

…ブハッハッハッハッ!! そんなもん広告になるかよっ、ブハッハッハッハッハッ!!

…ところが、そのまま1週間後の新聞に挟まれちゃったんだよ、ソレが。おまけに、スグに鉄工所のオヤジから電話でクレームがきて、『時給800万円』になってるって言うんだ。

…クビになったろ、アンタ…。

…いや、ならなかった。だって、オレを辞めさせたら社長が困るもん。そのチラシにその会社自体の求人広告も載せたんだけど、面接にくる奴は誰もいなかったし。

…ということは2~3年勤めてたの、その会社に?

…翌月辞めた。

…なんで…?

…『特上寿司《ずし》横取り事件』っていうのがあってさ。…その会社に通いはじめて3週間ぐらい経った頃かなぁ。例のヤクザの伯父さんが、愛人を連れてヒョッコリ事務所に遊びにきたんだよ。で、「おメーも頑張ってるから寿司でも取ってやるか」って言って、特上の握り寿司を3人前注文してくれてさ。

…ほうほう。

…で、40分ぐらいしたら寿司がきて、さぁ、食べようってときに社長が会社に戻ってきたんだわ。で、社長の分までは出前を取ってなかったから、オレは自分の寿司を社長に差し出して、下の雑貨屋に菓子パンを買いに行ったんだよな。

…うん、それで？

…で、戻ってきたら、社長が血まみれになってんだよ…。リーゼントなんか完全に崩れちゃって、サモ・ハン・キンポーの髪型みたくなっちゃっててさ。で、伯父さんが「俺の甥《おい》っ子のために取った寿司に何のためらいもなく手を伸ばしやがって！　コーイチ（オレの本名）、こんな会社は今日で辞めろっ!!」なんて怒鳴ってんだよ。で、翌日からプータローに逆戻りだよ、オレ。

…やっつけ仕事のマンガみたいだな、アンタの人生って…。それからどうしたの？

…どうしたもこうしたも、自分ちで窓の外の鳥の声を聞いてたり、弟と近くの河原で爆竹を鳴らしたり、地井武男《ちいたけお》が主演の昼ドラ『夫婦さかさま』なんかを見てたら、アッという間に2～3年経っちゃって。そんなある日、いつの間にかマンガ家になってたおメーが遊びにきたんじゃねえか。

…つまり、貴様は完全なプータローだったんだな、あのときは。

…ああ。そんで、たまにパチンコ打ってるって言ったら、高田馬場《たかだのばば》にある『パチンコ必勝ガイド』って雑誌の編集部に連れてってくれたろ。そんで、何をどうしたのか、成沢さんていう今の編集長がいきなり3ページも書かしてくれて。それがキッカケでライターになったんだよ。

…しかし、成沢さんもよくド素人のアンタに3ページもくれたよね。

…いや、以前『春色のステップ』って小説を書き下ろした、って言っといたから。

…誰に頼まれて書き下ろしたんだよ!?

…オレがオレに頼まれてだよ!

…世間では『趣味』って呼ばれてんだよっ、そういうのは!!

……史上最悪！　モンスター編集者列伝　その1

…で、アンタ、ライターになって2年くらいしたら、ドサまわりの仕事を始めるようになったじゃん。

…ああ。『5ツ星ホールを探せ！』ってタイトルの連載で、毎月イロイロな県を3泊4日ぐれーでまわってた。そんで、パチンコ屋を次々と無断でチェックして点数をつけちゃってさ。

…でも、それが掲載されてた『パチンコ必勝ガイド・ルーキーズ』って雑誌の中では一番人気だったんでしょ、あのページ。

…まぁな。でも、とにかく心底まいったのが担当についた編集者たち。4年間で計4人の編集がついたんだけど、4人とも見事なバケモノだった。

…取材に遅刻してくるとか？

…そういう次元じゃねえんだよ。まず、初代の担当になったのが『バカ龍』って奴でさぁ。コイツがウソ&ポカの自動販売機。もともと白夜書房《びゃくや》（その月刊誌を出している出版社）も、パチンコ台の中のコンピュータの解析（プログラムを読むこと）ができるとか、以前、パチンコに関する重大なプロジェクトに関わってた、なんて言うから入社させちゃったらしいんだけど。で、バカ龍をコンピュータの前に座らせたら、解析はもちろんのこと、電源の入れ方すらわからなかったっていうんだから。

…香ばしいウソつきやなぁ〜。

…しかも、編集長が「以前に関わってたパチンコの重大プロジェクトって何なの？」って尋ねたら、「実はボク、中学のときからパチンコ屋の床に転がってる玉を拾ってたんです」なんて、答えにならない答えが返ってきちゃって。

…クビにしなかったのかっ、白夜書房は！

…もちろん「明日から来なくていい」って会社側は告げたんだけど、かってにその日から編集部に住みついちゃったらしいんだ。畳半畳ぐらいしかない会社の台所で、鶏の燻《くん》製《せい》を作っちゃったりして。で、そんなリーサル・ウェポンをいきなり担当として押っつけ

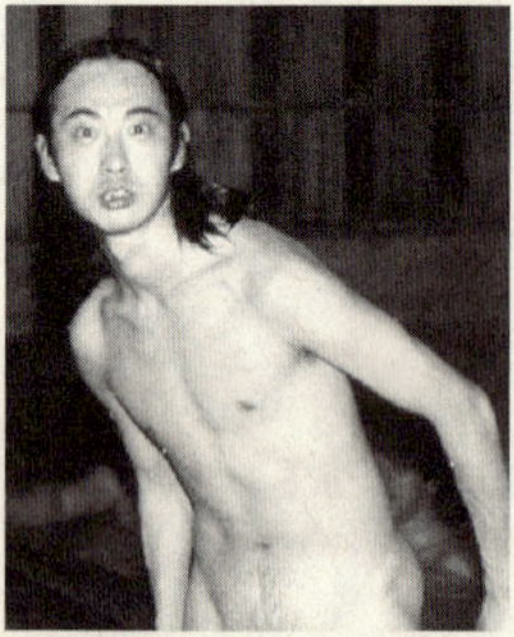

初代担当、バカ龍。連発する言葉は「ウソじゃないっス！」

られた…。

…ということは、アンタも最初はそのバケモノと同等に見られてたんだよ、白夜書房に。

………。でな、一緒に取材に出かけたら、とにかくトマホークのようなウソを次々と投げてくるわけ。

…たとえば？

…オレとカメラマンがパチンコ屋をチェックしてる間、車の中にバカ龍を待機させといたんだわ。で、15分ぐらいしてパチンコ屋の駐車場に戻ってきたら、オレたちの車が電柱に突っ込んでるわけ。そんで、いつの間にかバカ龍が運転席に座ってて、とりあえず「何があったんだよ…？」って尋ねたんだ。そしたら、「フィ〜〜〜って音がしたかと思うと、車が勝手にバックを始めて」なんて言うの。で、「じゃあ、何で車の前の部分が電柱にメリ込んでんだよっ⁉」って怒鳴ったら、「…いや、バックしてから今度は前進を始めたんです」なんて真顔で言ってんだぜ。吉野家で牛丼の大盛りを注文するみたいに。

…完全に平気になっちゃってんだな、ウソをつくことが。

…で、その次の月には経費の10万円が入った封筒を失くしやがってよぉ。どう考えてもバカ龍が落としたか失くしたかなんだけど、急に「…あっ、思い出した！　さっき車の中に1人でいたとき、身長が2メートルぐらいのコン棒を持った男に急に封筒をひったくられて…」なんて言い出しやがって。

…どうしたら忘れられるっていうんだよっ。ちょっと前に起こったそんな強烈な出来事を！

…だろっ。だから、じゃあ警察に被害届を出しに行こうって言ったんだ。そしたら、派出所のマッポにも真顔で同じことを話しやがってよぉ。「コン棒って、具体的にどんな棒なの？」って質問されたら、「巨大な金平糖に柄がついたような…とにかく、原始人が持ってるようなヤツです」なんてヌカしてんだもん。

…ドコに売ってるんだっ、そんな代物が！

…とにかく、そんなウソ&ポカを4時間おきぐらいに繰り出してきやがって、そのうえ、バカ龍は変にテンションが高くってよ。取材費が底をついてきたからカプセルホテルにいやいや泊まるときにも、カプセルに入る直前に「板谷さん！」なんて嬉《うれ》しそうに声をかけてくるんだ。で、「何だよっ？」って言ったら、「シガニー・ウィーバーになるみたいでドキドキしませんか？」なんてハシャいじゃってんだもの。おまけに、気分を出すためにカロリーメイトを4箱も買ってきちゃって。

………。

…で、極めつきは、取材中に地方の百貨店でサーフボードを万引きしようとして捕まってるし…。オレまで土下座させられたんだぜっ。自分よりデカいモノを万引きしようとするなあああああっ!!

…そういう問題以前にガソリンをかけて燃やすべきだな、その男は。

…で、編集長に髪の毛が真っ白になりそうだから担当を代えてくれって頼んだら、今度は『米沢監督』っていう、さらに凄《すご》いモンスターが登場しちゃって。

…何で名前に『監督』がつくんだよ？

…森羅万象を把握してるような見地でモノを言ってきて、とにかく偉そうなんだよ。だから監督って呼び名にした。

…どんな詩を吐くの、そのバケモノは？

…高速道路で仙台に向かっているとき、ハンパじゃない風が吹いてたんだよな。で、車が横風にビシビシあおられちゃって、運転してたカメラマンに「あんまり飛ばすと危ないぞ」って注意したんだわ。そしたら、後部席に座ってた米沢監督が、窓の外を見ながら「大丈夫でしょう、この風は。そんなしつ

2代目担当、米沢監督。口説き文句は「今夜ひま、ミッドナイト？」

こそうにも見えないし」…だもの。

…ソイツには見えるんだな、風が…。

…で、ようやく仙台の駅前に着いたんだよ。そしたら、車から降りた米沢監督があたりを見回しながら、「光の反射…。それがこの街の源なんですね」なんて勝手に街を総括しちゃってるし。

…ほ～う、イイ感じに壊れとるなぁ～。

…で、新潟でファミリーレストランに入ったときなんか、百円ライターを点《つ》けて店員を呼んじゃって「オイラねえ……なんか黒コショウの効いた、イタリアの裏通りの香りがするような料理ってある？」なんて尋ねてんだぜ。とにかく何も経験がないのに、平気でそんなことを言っちゃうんだ。きっと頭の中でいろんなシミュレーションをすませちゃってて、それがすべて現実の思い出になっちゃってんだろうなぁ。

…で、仕事のほうはどうなの？

…できるわけねえじゃん。だからモンスターなんだよ。まず、人に何かを尋ねさすと異常に時間がかかるんだわ。たとえば取材中に「あのオバちゃんに松本城にはどう行ったらいいか聞いてきてくれ」って米沢監督に頼むじゃん。そうすんと、20分ぐらい話してんだよ、そのオバちゃんと。で、ようやく戻ってきたと思ったら「この道をまっすぐ行けば

OK」で終わり。

…そんだったら10秒ですむじゃん。残りの19分50秒は何を話してんの…？

…だろっ、知りたくなんだろ。だから、奴が人に道を尋ねてるときにコッソリとその近くに寄ってって会話を聞いてみたんだよ。そしたら、駅までの道順を尋ねるだけなのに、北海道の熊が全滅しそうで心配だとか、手紙の白紙の2枚目はもったいない…てなことを延々と話し合ってんだわ。初対面の見知らぬオバちゃんやオジちゃんと。信じられるかぁ？

…………。

…あと、パチンコ屋の店員にその店の定休日は何曜か尋ねさせたときも、15分以上話してんだよ。で、背後からまわってって何を話してんのか聞いたら、『錦鯉《にしきごい》は儲《もう》かる』ってことを力説してるし…。

…噂で聞いたんだけど、台湾にあるパチンコ屋を取材しに行ったときも何かあったんでしょ。

…ああ。台湾に行く前に資料とか集めて、みんなでドコをどういう順番でまわろうかとか丸2日間徹夜で打ち合わせをしたんだ。で、台湾のホテルのフロントで予定の確認をするために「監督、資料出せよ」って言ったら、「はぁ?」なんて顔しちゃって。そんで、

「部屋に戻って取ってこい!」って怒ったら、「部屋にもないですけど……え、持ってくるんでしたっけ?」なんて言ってんの。資料とか地図とか予定表なんかを全部持ってきてないんだよ、日本から…。忘れたって感覚じゃなくて、ハナっから必要だっていう意識がないんだ。

……そういえば、白夜書房で一番最初にアタシの担当になった奴が、いきなりアタシのマンガの原稿を電車の棚に忘れて失踪《しっそう》しちゃったんだけど、そういうレベルじゃないわけね。

…ああ。それから、日本で各パチンコ屋をチェックしてるときに、監督にもメモを取らせることにしたんだよな。店員の態度の善し悪しとか、どの機種がよく出てる…てなことの。で、あるとき、車の中に監督のメモが転がってたから何の気なしに中身を見たんだ。そしたら、各パチンコ屋に関するメモがそれぞれ1行ずつしか書かれてなくてさ。しかも、その内容が『この店は水が冷たい』とか『屋根が低い』とか『なぜかダイアナ妃を連想させる店にゃのダ~』だぜ。

………………。

…な、凄いだろ。偉そうなことは言う。仕事はまったくダメ。しかも、それに加えて奇行も凄いんだ。取材車の中で津軽三味線のCDをかけようとするわ、また、それを注意してオレのテープをかけると曲に合わせて踊るんだよ。

……はぁ？　車の中で……。

……そんで、激しい曲のときはケイレンを起こしたような動きをして、バラードになると頭を8の字にゆっくりと振るんだわ。

……立派なホラーだなぁ、そこまでくると…。

……それから、北海道の函館《はこだて》に行ったとき、夜景を撮ろうとしてカメラマンが崖《がけ》から足を滑らしちゃったんだ。で、20メートルぐらい下に転げ落ちて、ウーウー唸《うな》ってる声が聞こえるから「監督っ、救急車呼んでこいっ！」って頼んだら、「何色がいいですか？」だもの…。

……アタシが思うに、そんなモンスターたちも凄いけど、それを平気で飼ってる白夜書房が一番凄いな。

……史上最悪！　モンスター編集者列伝　その2

…んで、3代目の担当になったのが奄美《あまみ》大島出身の男でよぉ。父親が沖縄流古武道の道場主をやってて、幼い頃から毎年誕生日になると本物の手裏剣や鎖鎌、そんな武器を「コレ、使え」ってプレゼントされてたらしいんだわ。

…いつ、ドコで使うんだっ、そんな凶器を⁉

…とにかくごっつい顔した野郎でさぁ。奴が仕事をサボって編集部の近くをブラブラしてんだろ。ところが、100メートル先にいても、スグに上司に見つかっちゃうんだ。顔にインパクトがありすぎるから。しかも、見つめただけで小学生を泣かしてるし。

…ブハッハッハッ！　…で、ソイツのことは何

3代目担当、玄武岩。サンショウウオのような男根の持ち主。

て呼んでたの？

…編集部では『ゴリ蔵』だとか『獣人』って呼ばれてたらしいんだけど、奴の顔のごつさはそんな生易しいもんじゃないということで『玄武岩（げんぶがん）』にした。

…なるほど、イイ呼び名だな。…プッ！

…体育会系の性格でキビキビ動いてたし、よーやく戦力になる編集がまわってきたと思ったんだ。ところが、コイツは見かけ倒しの世界チャンピオンのような奴でさぁ。睡魔に異常に弱くって、夜の8時を過ぎると自分が何をやっているのかわからなくなるんだ。

…どんな風に変化すんの？

…あるときなんか、夜の9時頃に「取材期間が1日延びるって連絡しとけ」って編集部に電話させたんだけど、間違えて2年前に自分が車でハネちゃった被害者の家に電話かけてんだもの。で、その翌晩に「明日は朝7時ぐらいから動くけど大丈夫か？」って声かけたら、「大丈夫ですよ。牛だってノロノロ歩くけど肉はウマいんですから」なんてトンチンカンな答えが返ってくるし。

…脳に届かなくなるんだな、人の話が。

…で、オレたちって無許可でパチンコ屋をチェックしてるじゃん。だから、店員に悟られないようにコッソリとメモを取らなきゃいけないんだよな。ところが、夜の8時過ぎになると玄武岩は睡魔でボーっとなって、手帳とかを平気で落としちゃうわけだよ。で、店員に拾われて、「何よ、コレ?」なんて問い詰められんと、「いや、サンタモニカです」とか「母が病気なもので…」とか、例によってわけのわからない答えを返しちゃって。…ま、頭のオカしい奴だと思われて、逆に追及されることはなかったんだけどな。

…その顔にその言動だろ。そりゃ店員だって恐いよな…。

…それと、コレは白夜書房の伝説になってるんだけど、ある日、編集長が玄武岩に書類のコピーを頼んだらしいんだ。ところが、いつまで待ってもソレを持ってこないんだって。そんで、編集部の隅にあるコピー機のところに行ったら、その手前で書類を右手に持った玄武岩が床にうつぶせになってガーガーいびきをかいてるんだって。

…つまり、コピー機に行く途中で力尽きて寝ちゃったのか…。

…そうなんだよ。とにかくコイツは1日14時間ぐらい寝ないとダメな男なんだわ。…ところが、唯一の例外があってさぁ。女がカランできたときだけは、何時になっても目をランランとさせてんの。

…アンタの取材に女がカラむことなんてあんのかよ?

…ああ。たま〜〜に女性読者からのハガキが編集部に届いて、『私の地元の新潟に来たら案内させてください♡』…なんて書いてあるんだよな。で、その女のコと取材先で合流して一緒に車に乗ってんと、ハンパじゃないんだよ。玄武岩が1人で気取っちゃって。

…そんな岩盤のような顔をして、どう気取るんだよ？

…そんなに気に入ったなら、後でメシに誘うとかしてストレートに口説けばいいじゃん。ところが、コイツは田村正和のようにブツブツ独り言を口にするようになってさぁ。それを女の耳に届かせて、己が知的な人間だってことを必死でアピールしようとするんだわ。

…奴にとって最も不利なカッコのつけ方じゃねえか。…で、どんなこと言ってるの？

…「決してノスタルジイや独りよがりじゃない。昆虫は背中が黒いほどよく飛ぶ」とか「自分の中にある愛着の残り火。それを計るリトマス試験紙はまだない」とか。

…ブハッハッハッハッハッハッハッ！　何だよっ、それ。

…あと、「強者の論理が刻々とさらけ出そうとしている。犬は白いことが幸福なのか思考中」とか、なんで覚えちゃってんだよっ、オレも！　ま、それで女のコが不気味がっちゃって「そろそろ遅いですから…」って言って車から降りんだろ。そうすんと、10秒も経たないうちに玄武岩のイビキが聞こえるんだ。

…その器用さを仕事に生かせってんだよ！

…で、最後の4代目の担当になったのが19歳の超真面目っ子。しかも、バリバリの童貞でよぉ。度の強い銀縁メガネをかけちゃって、ヒョロヒョロのガリ勉君みたいなの。

…実は辞めて欲しかったんじゃないの、白夜書房はその連載を？

…たった5〜6ページなのに雑誌全体の3分の1ぐらいの経費を使ってたしな。…ま、そんでよぉ、その真面目っ子には『ハック』っていう呼び名をつけて、外見的なインパクトが玄武岩なんかに比べるとあまりにも乏しいから、明日までに金髪にしてこいって言ったんだよ。ほら、編集者も写真に写って誌面に出るし…。そしたら、いきなり泣き出しやがってよぉ。「んもおおおおおっ、ヤダむぉ〜〜〜んんんんん！」だもの…。

…3歳児のリアクションじゃねえか、それって。

…とにかく、信じられないぐらいよく泣くんだ、コイツが。しかも、泣き出す直前、一瞬笑ったような顔になるのがさらに不気味でよぉ。

……あからさまにアブねーなぁ、その童貞は。

…玄武岩じゃないけど、コイツもよく独り言を言うんだわ。たとえば奴がパチンコを

4代目担当、ハック。童貞喪失直後の言葉は「すべて出し尽くしました。残ったのは自信だけですよ」

打ってるときに、コッソリその背後に立ってるだろ。そんで、奴の台にレモンの絵柄が2枚揃ってリーチがかかる。で、中央のコマにオレンジが止まって外れると、「同じ柑橘《かんきつ》系だから当たりにしてよ。…ねぇ、いいでしょ?」とかパチンコ台に向かってブツブツ言ってんの。

…プハッハッハッハッハッ！　同じ柑橘系だから…プハッハッハッハッハッ！

…で、金髪になったハックと秋田の祭りに行ったときなんか、急にいなくなっちゃったんだよ、奴が。そんで、10分ぐらいキョロキョロ探してたら、少し離れたところにあるタコ焼き屋の脇。ソコで泣きながら土下座をしてる男がいるんだ。で、行ってみたら案の定、ハックでさぁ。地元の不良中学生にカラまれてて、おまけにケチャップで額に『羊』とか書かれちゃってんだわ。ま、コッチもその中坊3人から2000円ずつ徴収したけどな。

…中学生相手にカツアゲしてんなよっ、しかも30過ぎて！

…その取材旅行から帰ってきた翌日のことだよ。さっそく、編集部で数ある写真の中から誌面に載せるヤツを選んだり、どんなカコミを作ろうか…といった作業を徹夜でやってたんだ。でも、ハックは一応編集者なんだけど、何もできないから近くでソレをただ見てるだけなの。浮かばれない旧日本兵のように。

…それで給料を払うなよっ！

…そんで、40分おきぐらいに近くのコンビニに「コーヒー買ってこい」とか「クッピーラムネ買ってこい」とか、お使い君をやらせてたんだよ。そしたら、明け方ぐらいに、チビッコにいじくり倒された昆虫のようにガンガン弱ってきちゃってさ。「すまん。ヨーグルト買ってきてくれ」って小銭を渡そうとしたら、「いょ～～～～ぎゅるとおおおお～～～～？」なんて歌舞伎役者みたいな声をあげちゃって、そのまま上半身が机の上にバタンと倒れて、グーグーいびきをかいてんだ。

…プハッハッハッハッハッ！　断末魔だったんだ。いょ～～～～ぎゅるとおおおおお～～～～、が。

……ま、そんなこんなで4年間続いた『5ツ星ホールを探せ！』も終わっちゃってな。早いもんだわ。あの連載が終わってから、もう2年も経っちゃってんだもんなぁ…。

…ところで、一連のバケモノどもは、まだ白夜書房にいるの？

…米沢監督以外は全員クビになった。

…白夜書房もさすがに危機を感じたんだな…。でも、なんで米沢監督はクビにならずにすんでるの？

…辞めないんだって。200回ぐらい「クビだ！」って言われてんのに。最近じゃ、仕事もしないで会社の庭でシイタケを栽培してるらしいぞ。

…だから、なんでそれが成立してんだよっ!!

……毎日がヤキかケンカ　暴力狂時代

……しかし、アンタって昔からメシがわりのようにケンカしてたよね。

…うん。すべての物事を暴力で解決してた。…でも、しょうがねえんだよ。オレが生まれた東京郊外の立川《たちかわ》って街は、今でこそ駅ビルとかバンバン建ってカムフラージュされてんけどさ。オレが10代の頃なんて、単なるドヤ街だったもの。街中でフルチンでワンカップ大関を飲んでるオヤジはいるわ、チンピラはウロウロしてるし、ホント、ロクなところじゃなかった。しかも、オレんちにちょくちょく遊びにくるオフクロの兄弟って、全員ヤクザ者でさぁ。

…素晴らしい環境だよな。…で、ケンカはいつ頃から始めたの。

…あれは…え～とぉ、中学3年になったばかりの頃だったなぁ。それまでのオレはスゲー真面目っ子でさぁ。ほら、うちのオフクロが（自分の息子だけはマトモに…）って気持ちが強くてな。オレを小学校2年のときから地元のスパルタ塾に入れちゃったんだよ。

そんだから、学校が終わっても毎日6時間ぐらい勉強してたんだよ。

…アンタが…⁉

…ああ。そのうえ、5年生になったらその塾と並行して、土・日には代々木《よよぎ》にある進学塾にまで通ってたんだ。ところが、もともとバカだろ、オレって。だから、有名私立中学の受験に失敗しちゃってさ。オフクロなんかショックで3日間ぐらい何も食わないんだ。で、中学に入っても毎日塾通い。

…アナキン・スカイウォーカーが、どうしてダース・ベーダーになったのか?…ってレベルの話になってきたぞ、おい。

…いやいや、事は単純でさ。中学3年のある日のことだよ。オレのクラスに中学で番張ってる奴がいてさぁ。ソイツの席がオレの隣だったの。で、いつも紙クズとか投げられてからかわれてたんだけど、あれは国語の授業中だったかなぁ…。その紙がオレの目にモロに当たったんだ。で、思わず頭にきて「痛

とにかく白夜で梅っちのとこ

えよっ、バカヤロー！」って文句言っちゃったの。そしたら、ソイツが怒っちゃって、いきなりヘッドバットを顔面に入れられてな。

…ほう、それで？

…オレもわけがわからなくなって、気がついたらヘッドバットを入れ返してたんだ。それから20発ずつぐらい交互にヘッドバットを入れ合ったところで、ようやくみんなが止めに入ってさぁ。そしたら、相手は救急車で病院に運ばれたんだけど、オレのほうはケロッとしてたから保健室に連れてかれただけでさ。ところが、保健室の鏡で自分の顔を見たら、モノの見事に鼻がひん曲がっちゃってんだ。

…ま、20発もヘッドバットを入れられればなぁ。

…あせっちゃって自力でなんとか直したんだけど、もう脳味噌がデングリ返るほど痛かった。

…当たりメーだよっ、骨が折れてんだから。

…それからだよ。板谷はハンパじゃねえ、って噂が学校じゅうに広まっちゃって。他の中学に殴り込みをかけるときなんか、いつの間にか必ず相手の学校の一番強い奴とケンカさせられてんの、オレ。そんで、いつも勝ってたからオレもだんだん気持ちよくなっちゃってよぉ。ズベ公にも急にモテるようになったし。

…そりゃあ、当然の方程式だよな。ズベ公がケンカの強い奴に股《また》を開くっていうのは。

…だから、中学卒業したら自動的に地元の暴走族に入ることになっちゃって。ところが、その『地獄』って暴走族が異常な集団なんだ。みんなで単車で走るとか、隣町のズベ公たちと合コンするとか、そういう楽しいイベントがほとんどなくて毎晩、先輩にヤキばっか入れられるんだよ。

…どうして？

…理由なんかねえよ。…とにかくハンパじゃなかったな。「おい、コッチに来い」なんて呼び出されたと思ったら、『世界一周』っていってさぁ。先輩のチンコを顔にグルグルなすりつけられるんだ。その後で1人ずつ再び呼び出されて、7～8人から正座したままボコボコに殴られたり蹴《け》られたりすんの。ところが、なんでか知らないけど、オレって驚くほどヤラれ強くてさぁ。ほとんど血を出さないんだよ。で、いつも「テメーは懲りてねえなぁ～」って、人の倍やられてた。

…懲りてねえ、って言われてもなぁ…。

…そういうヤキ入れが週に2～3回はあるんだよ。だから、オレたちはウップン晴らしに、いつも立川駅で『ツッパリ狩り』っていうのをやってた。…とにかく無敵だったな。いつもMAXにイライラしてる状態で、しかも、殴られ慣れてるわけじゃん。だから、相手がどんな大人数でも、最終的にうずくまってる相手にケリを入れてんのはいつもコッチ。

…ケンカの士官学校に入ってたようなもんだからな。

…まぁな。高校に行ったら行ったで、初登校した朝にリーゼントの奴に校門のところで「おメー、スキー部に入れ」とか言われてさ。「何が悲しくてそんなモノに入らなきゃなんねえんだよっ。バカかっ、テメーは！」って怒鳴り返して、スタスタ学校の中に入っちゃったんだ。そんで、オリエンテーションが終わって帰ろうとしたら、校門のところに今度は15人ぐらいのツッパリがタマっててさ。朝、声をかけてきたリーゼントが「あっ、アイツですよ、先輩！」なんてオレのこと指さすわけ。

…待ち伏せされてたわけね。しかし、「スキー部に入れ」っていうのが何とも可愛らしくねえかぁ？

…つまり、ほら、オレって中学の2年までは夢中で勉強してたろ。だから、その貯金でグレてたにしては割と偏差値の高い私立の高校に入れたんだよな。で、その高校の不良っていうのが、ほとんどスキー部に入ってたんだわ。

…エーとこの坊ちゃんなんやろうなぁ。

…で、一番のアタマは誰って聞くと、3年生らしき1人が「俺だよ」って手を挙げたんだ。んで、ソイツのことを気絶するまでブン殴ってたら、次の日からその学校の全部の不良がオレにアイサツするようになった。

…プハッハッハッハッハッ！　何というわかりやすさ…。

…ま、それから新島《にいじま》に行って板橋の『極悪』って族とケンカしたり、新宿の歌舞伎町のド真ん中で少年ヤクザ（ヤクザの使いっ走り）を失神させたりしてさぁ。そういう愉快なこともあったんだけど、相変わらず地元ではヤキを入れられる毎日なんだわ。で、そのうちタマリ場に行くのがバカらしくなってきちゃってさ。

…サンドバッグになってるだけだしなぁ。

…だろ。そんなときにヤクザの伯父《おじ》さんたちにテキ屋とか借金の取り立ての仕事を勧められてさ。そんで、ちょくちょく手伝うようになったんだけど、ムチャクチャ楽しいんだよ、コレが。ズベ公のネーちゃんと友達になって、ビシビシSEXできるしさぁ。おまけに、誰にも殴られないし、お金まで貰《もら》えちゃうんだぜ。…で、そういうヤクザの予備軍みてーなことを1年半ぐらいやってたら、いつの間にかお金も結構タマってきちゃってさぁ。ホント、楽しくて仕方がなかった。

…まさにヤクザのエリート街道まっしぐらだな…。

…ところが、高校3年の夏休み前に凄《すご》い1週間があったんだ。あの1週間がなかったら、オレは九分九厘ヤクザになってただろうな…。

…何だよ、もったいぶらずに言えよ。

…ある晩、高校の友達4人ぐらいと酒飲んで吉祥寺《きちじょうじ》をブラブラしてたんだよな。そしたら、正面からツッパリが8人ぐらい歩いてきてさぁ。で、オレと一緒にいた斉藤（仮名）って奴が「あっ、○○君!!」なんて正面の奴らに声をかけるんだ。

…つまり、ダチだったのか。

…ああ。そんでオレも「何だ、おメーら斉藤のダチかぁ〜、ガンくれてんからヤッちまおうかと思ったぜ」なんて言ったら、相手の中の1人が「おうっ、お前。なにタメ口きいてんだよっ、殺すぞ!!」なんて凄んでくるの。で、「はぁ?」って顔したら、斉藤が「板谷…。この人たちはオレの地元の1コ上の先輩なんだよ」なんて真面目な顔になっちやって。そんで、オレの正面に来た奴が「わかったら謝れや、小僧!!」なんて怒鳴って、オレの胸をドーンと突くわけだよ。

…ほうほう。

…ところが、オレとしたら相手がどこの不良だか知らないけど、ヤクザの事務所に頻繁に出入りするようになってたろ。だから、そんなもん全然関係ないんだよな。で、胸を突いてきた奴に、近くにあったバス停の看板。それを投げつけて、怯《ひる》んだところをボコボコにブン殴ったの。そしたら、オレと一緒にいたダチも斉藤を除いて、ソイツらのことを殴りはじめちゃってさ。結局は、ソイツらをその場で全員土下座させたんだわ。

…うわ〜、立場ないよなぁ。ソイツらもアンタの友達の斉藤って人も。

…その2日後だよ。高校から帰ってきたら、オレんちの庭でオフクロが何かを燃やしてんだ。で、まだ燃えてない部分をよく見たら、オレのダボシャツやらジンベエやら特攻服なんだよ。だから、「何やってんだっ、クソババア!!」って怒鳴ったら、「うるさいっ、このキ○ガイ野郎っ!! ヤクザの真似なんかして！ 何のために苦労して私立の高校に行かせたと思ってるんだあああ!!」なんて発狂してんだよ。

…もう少し早い時期に発狂しないと、アンタのお母さんも…。

…で、メチャメチャ腹立ったから跳び蹴《げ》りを入れたら、それがオフクロの脇腹に見事に決まっちゃってさ。何かニブい変な音がしたんだよな…。けど、コッチは腹が立ってたから、そのまま友達の家に泊まりに行っちゃってさ。さらにその翌日だよ。地元の3番目ぐらいに仲のよかった友達が、同棲《どうせい》してた彼女を果物ナイフで刺し殺しちゃってんだもの…。

…な………。

…ソイツ、1カ月ぐらい前から覚醒剤《かくせいざい》をやってたみたいでさぁ。

…あ〜あ〜。

…その話を聞いて唖然《あぜん》としながら家に帰ったら、伯父さんの1人が玄関の前で般若《はんにゃ》のような顔して立ってんの。そんで、オレのことを見つけた瞬間にカール・ルイスのように走ってきて……15分ぐらい殴られてたかなぁ、オレ。

…はぁ……。何で？

…ほら、前日の跳び蹴り。あれでオフクロのアバラ骨が3本も折れてたらしいんだわ。で、オフクロが病院からそのことを伯父さんに電話で話しちゃったから、怒り狂ってたわけだよ。

…ま、血をわけた自分の姉弟のことだからな。

…ああ。で、オレは口が全然閉まんないほどボコボコにされた後、家の中で正座させられてさぁ。「テメーは中途半端なことをしてんじゃねえ!!」なんて、さんざんオレのことを怒鳴るんだ。「それをやらせてんのは貴様だろっ!!」ってツッコミ返したかったんだけどさ。それ言ったら本当に殺されると思ったから、下を向いてジッとしてたんだわ。

…珍しく正解。

…さらにその2日後だよ。ようやく見られる顔になったんで高校に行ったら、斉藤がオレのとこに飛んでくるんだよ。で、「おいっ、板谷。オレもビックリしてんだけど、ほらっ、お前が1週間前に吉祥寺でメチャメチャ殴った奴いたろ。あの先輩、あの日から失《しっ》踪《そう》しちゃったらしいんだ…」なんてビビってんの。

………おい。

…そんで、その日はそのまま授業に出ないで家に帰ってさぁ。天井見ながらボーっとしてたら、イロイロなシーンが一気に襲ってくるんだ。蹴りが入った瞬間のオフクロの歪《ゆが》んだ顔。彼女を刺し殺した友達の最後に会ったときの笑顔。伯父さんに3発目に殴られたときのピーっていう耳鳴り。土下座して泣いてた失踪男の親指の爪の形。…そんなのが繰り返し流れてきてさ。みるみる息苦しくなっちゃって。

……………。

…そんで、（こんなことやってちゃイケない…）って心底思って。それで、サーファーになることにしたんだよ。

…それで解決しちゃうんかっ、貴様はあああああ!!

板っちとわたくし その②
最初はふざけて彼女が板っちをなぐった。指輪があたって流血。あやまらなかった彼女に板がキレた。
原因はどうでもいい。
無職。
仕事さがさない。
金ない。
女殴る。
お前今、最低の最低だけどこれからどうするよ。
これからは
とりあえず早起きを日課に
ぼくうっ
真面目に働きますだろうがあっ
そのまま白夜書房につれてく。
でそちらの板谷さんライターとして今までにどんな本で
もうホットドックプレスポパイとか
←バレるとやばいので→ パチンコから一番遠い本をえらんでみた。
アンアンと平凡パンチにもっ
でも本人が大のパチンコ好きでぜひここでって

じゃあすいません最初は小さなコラムでもとりあえず14W(ワード)17ℓ(ライン)くらいで
忘れないようにレイアウト用紙にかいときますよハイ。
わかりました14ワッフル17リットル
ゴン
お前はしゃべるなあっ
したしたしたした
ばらっち
あんだよ
お前がうしろで息してるだけでハラたつよあたしは。
これが板っちの
これからはダンサーの夢と平行して小説家として心を入れかえてがんばる。
今あたしが世話したのはライター売文業
ぐっ
とにかくもう働いて人としてっあてダンサーっ何だよダンサーって
デビュー

VS
銀角

銀 角◎ぎんかく

1962年群馬県生まれ。7歳の頃から石炭のようなスケベ。最初に就いた職業は当たり屋で、以後新薬開発のための臨床モルモット、グラフィックデザイナーを経てイラストレーター兼マンガ家に。ゲッツ板谷とは「金角＆銀角」という名で7年間コンビを組んでいた。現在は「ナイタイマガジン」等で活躍中。

……炎の通信マニア『風戸君(31)』登場!

…この前、パチンコ屋に行ったら、トイレの中でトランシーバーで話してる奴がいるんだよ。

…はぁ…、トイレの中で⁉

…ああ。そんでさぁ、ゴト師かと思って聞き耳立ててたら、「今夜のオカズは何ですか？ オーバー」とか「ピーちゃんにちゃんと餌をやりましたか、オーバー」なんて言ってるんだよ。

…いきなり気持ち悪りいじゃんかよ、おい。

…で、家に帰って弟に大笑いでそのことを話したんだ。そしたら弟が急にビックリしたような顔になって、その男の特徴を聞いてくるんだよ。そんで、「サモ・ハン・キンポーを30キロぐらいヤセさせた感じだった」って言ったら、「風戸《かぜと》だああ〜〜っ、うはっはっはっはっはっ‼」って狂った果実のように笑いだすんだ。で、話を聞いてみると、ソイツは今、うちの弟が勤めてる運送屋の先輩らしくてさ。とにかく超ーーっ変な奴らしいんだ。

…どう変なんだよ？

…とにかく、トランシーバーとか無線機を使って話すのが好きで好きでたまらないらしくてな。普段はスゲー無口らしいんだけど、無線機持つとガラッと人が変わっちゃうんだって。そんで、仕事中に弟なんかの車に無線でバンバン話しかけてくるらしくてさぁ。その内容つーのが「日本っていう国は、どうしてこんなに車が多いんですか、オーバー」とか「ネコと犬、どっちが好きですか、オーバー」とか超どうでもいいことばかりらしいんだ。

…ブハッハッハッハッハッハッ！

…そんなんだから古くから会社にいる連中は風戸君から通信が入っても全然相手にしないらしいんだけど、うちの弟なんか入社したてはずいぶん奴に捕まったらしいんだよ。そんでさぁ、奴のやり方っていうのが、まず最初に「チロチロチロチロ、チロチロ

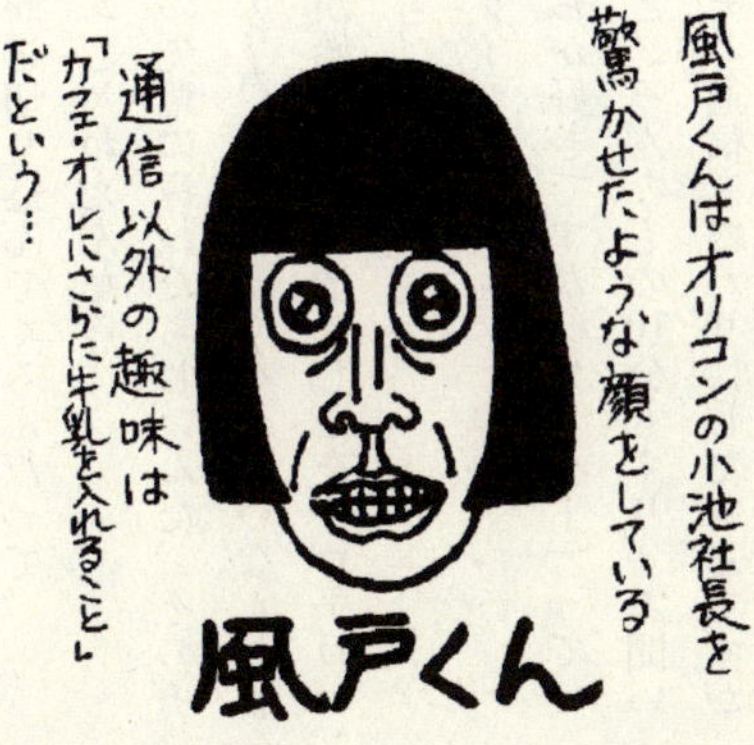
風戸くんはオリコンの小池社長を
驚かせたような顔をしている
通信以外の趣味は
「カフェ・オーレにさらに牛乳を入れること」
だという…
風戸くん

チロ、調子はどうですか、オーバー」っていうセリフから切り込んでくるんだって。

…何だよ、そのチロチロチロって？　コードネームじゃねえんだろ。

…ああ。だから、うちの弟も不思議に思って会社の先輩に尋ねたらしいんだ、そのチロチロの意味を。そしたら、「ああ、アレは鳥のさえずり声を表現してるみたいなんだよな」って教えられたんだって。つまり、風戸君は通信が始まる朝の清々しさをチロチロっていう小鳥の声で相手に伝えてるらしいんだよ、どうも。

…グワッハッハッハッハ！　頭がおかしいよっ、ソイツ。

…で、そのチロチロの後に例の「ネコと犬、どっちが好きですか、オーバー」っていうような問いかけが機関銃のように続くらしいんだけど、そんなもの10分もすりゃあ聞いてるほうがいやになるじゃん。で、うちの弟が「そろそろ通信を終わりにしたいんですが…」って言うと、風戸君慌ててクイズを始めるらしいんだよ。

…クイズ⁉　どんな問題を出してくるんだ、そのバケモノは…。

…それがよぉ、全部自分の嫁さんに関するクイズなんだって。たとえば「キミの出身地は？」とか「キミの得意料理はな～～んだ？」とか。

…はぁ？

…で、「キミの出身地は？」なんて聞かれたから、うちの弟は「東京です」って答えたらしいんだよ。そしたら、「ブ〜〜!!　正解は愛知県です、オーバー」なんて返してくるんだって。ところが、弟も自分の出身地を赤の他人に思いっきり否定されちゃったもんだから、ムキになって「愛知じゃないっスよ。オレ、生まれてからずーっと東京に住んでんスから!!」って言ったらしいんだ。そしたら、『キミ』っていうのは風戸君の奥さんの名前なんだって。

…グハッハッハッハッ!!　何でソレを最初に説明しねえんだ、そのバケモノは。

…ま、そういうわけで、風戸君はトラックに乗ってるときは新人ドライバーを見つけては無線で話しかけ、トラックから降りると今度はトランシーバーでズ〜ッと嫁さんと話してるらしいんだわ。オレがこの前、パチンコ屋のトイレで見かけたときのように…。

…本格的に危ねーなぁ、その風戸って男は。

…まあな。で、弟から聞いた風戸君関連の話で一番笑ったのが、海に行ったときの話だよ。去年のお盆休みに、うちの弟は運送会社の仲間10人くらいと千葉の九十九里《くじゅうくり》浜に行ったんだって。そのなかに風戸君も入ってたらしいんだけど、いきなり出発の集合場所でうちの弟にトランシーバーを渡してきたらしいんだ。

…ほうほう。

…そんで、「君の車が先頭で俺の車はケツだから、前後でグッドコミュニケーションを取ろう、オーバー」なんて、目の前で直接話してんのに『オーバー』を語尾につけちゃうぐらい1人で盛り上がってるらしいんだよ。千葉に向かって出発したのはいいけど、1分おきぐらいに入るんだって、風戸君からの通信が。

…ブハッハッハッ！　どんなことを言ってくるわけ、奴は？

…相変わらず「朝ですね、オーバー」とか「本当はキミも来たがってたんですよ、オーバー」とか、そんなのばっかからしいんだ。で、そのうち、弟の車に乗ってる奴らがある異変に気づいたらしいんだわ。

…何だよ、その異変って…。

…とにかく風戸君からの通信のとき、凄《すご》い風の音が聞こえるんだって。そのうえ、なんか苦しそうに喋《しゃべ》ってるらしいんだよ。

…何じゃい、そりゃあ⁉

…で、こりゃオカシいってんでカーブのときに後ろを見たら、3台後に小汚ねえロードパルがくっついてて、その運転手がトランシーバーを持ってるらしいんだわ。

…ええっ!!　じゃあ、風戸君の『車』って原付バイクだったんかっ。

…そうなんだよ！　で、弟なんかが大笑いしてるうちに、どうやら風戸君の原チャリをぶっちぎっちゃったらしくってよ。しばらくして風戸君から「み、みんなの車を見失いましたっ、オーバー」なんて泣きそうな声で通信が入ったんだって。

…ガハッハッハッハッハッハッ!!

…まだ続きがあんだよ。そしたら、その通信の途中で突然、ガッシャーン!!　って音が聞こえたと思ったら、奴の話し声が途絶えちゃったんだって。そんで、数秒経ってから「緊急事態!!　チャリンコのオバちゃん轢《ひ》いちゃった…オーバー」って声が聞こえてきたんだと、グハッハッハッハッハッハッ！

…ブプッ!!　それで風戸君はぁ!?

…Uターンして家で寝てたらしいぞ、プッ！

……板谷家を牛耳るタケコプターバアさん

…この前、うちのバアさんを誘ってパチスロを打ちに行ってきたよ、オレ。

…バアさんとぉ？

…ああ。そしたら、まいったよ。2人で1万5千円ぐらいスッたら、バアさんがいきなり店員の1人を呼びつけて「もう2度と孫にはこんなことやらせないから、お金を返してくれないか」って真顔で訴えてるんだ。

…な、なんちゅう虫のいいバアさんなんだ。…少しボケはじめてんのか？

…いや、うちのバアさんは生まれたときからボケてんだよ。これは親父から聞いた話なんだけどさ。うちのバアさんて、今から30年ぐらい前に庭で竜巻に巻き込まれて3メートルぐらい地上から浮き上がったんだって。そんで、地上に降りてきたら「身体から悪いモノがすべて出ていく感じだ」とか言って、もう1度竜巻の中に入ろうとしたらしいんだわ。

…ホントかよっ、その話。

…おメー、うちのバアさんを甘く見てんと取り返しのつかないことになんぞ！

…何だよっ、いきなり。

…おメー、うちのジジババが毎朝何食ってるか知ってるか？

…知るかよっ、そんなもん。

…コーンフレークに養命酒をかけて食ってんだぜ。

…逆に身体に悪いだろっ！

…おまけに、週に1度は身体のためだとか言って、グラタンの中にウナギがしこたま入った『うなタン』ていう代物をウマそうに頬張ってんだから…。

…でも、それってバアさんたちだけが食ってんだろ。いいじゃねえか、他の家族には関係ねえんだから。

…だから甘く見るなっつーの、うちのバアさんの『食に対するアナーキーさ』を！

たとえば、インスタントラーメンを作ってる途中でトイレに行ったりするだろ。そんで、台所に戻ってくると、必ずラーメンの上にシラス干しが山盛りになってるんだ。

…孫に対する思いやりとかいう以前に、食えねえな、それ…。

…で、うちのバアさんてさぁ。昼ぐらいになるとジイさんに、やれ、車エビを買ってこい！　やれ、鯛《たい》の切り身を買ってこい！　って近くのスーパーにパシらせんの。

…なぁ、おメーんちの年寄りはいつもそんな豪勢なもの食ってんのかぁ？

…うん、材料はな。でも、たいがいそれを3～4日外に干してフリカケを作っちゃうんだよ、バアさんが。だから今、うちの食料棚や収納庫には、冗談抜きでバアさんが作ったフリカケがドラム缶1本分ぐらいあるんだわ。

…なんちゅうもったいないことを……。

…それから、うちのバアさんは20年ぐらい前からかなぁ。オレのオフクロの古くなったパンストの脚の部分を切って、ソコを結んで帽子にするようになったんだよな。

…誰かネットぐらい買ってやれよっ。

…で、肌色のパンストをかぶってるときなんか、ツルッパゲのバアさんが脳天にタケコプターをつけてるようにしか見えねえの。そんで、近所の奴が笑ってたり、下校中の小学生が騒いだり、小鳥が一斉に飛び立ったりすると、必ずバアさんがその近くを歩いてるんだ。

…ブハッハッハッハッ！　バカな弟だの、パンストババアだの、まったくおメーんちは大変だなぁ～。

……またまた暴走！　板谷家のバアさん

…編集部の話じゃあ、おメーのバアさんの話が一番人気あったんだってよ。最近のこの連載の中では。

…あの女はとにかく普通じゃねえからなぁ…。この前も大変だったんだから。

…また何か起こしたのか？

…2週間ぐらい前かなぁ。ほら、うちで飼ってる体長が1メートル50センチもあるバカ犬。アレをバアさんが散歩に連れてったんだけど、帰ってきたらバアさんの姿勢が変なの。

…どう変なんだよ？

…なんて説明したらいいのかなぁ。何か、こう…壊れたヤジロベーみたいなんだよ、身体のシルエットが。ところが、平然とトウモロコシを茹《ゆ》でちゃったり、『水戸黄門』を楽しそうに見たりしてさぁ。で、あとで調べてみたら脱臼《だっきゅう》してんだもの、バアさんの右肩

…。

…ブハッハッハッハッハッ！　なんで自分で気づかねえんだよっ!!

…信じられねえだろ？　そんで、その3日後だよ。バアさんに車でスーパーに連れてけ、なんて頼まれちゃってさぁ。その途中で牛丼の吉野家の前を通ったら、いきなり「あそこで食事がしたい」なんて言うんだ。で、あんまり騒ぐから入ったんだよ、吉野家に。

…おメーんちのバアさんは牛丼が好きなのか？

…いや、吉野家に入るのだって、たぶん初めてなんだよ。でな、店員に「ご注文は？」って聞かれたら、いきなり「牛（ぎゅう）を1つ」だもの…。

…ブプッ！

…そんで、店員が「牛皿ですか？」って聞き直したら、「いや、器は無地でも何でも結構」なんて答えやがってよ。店ん中にいた客がみんな大笑いしてんだよ。ゴハンとか吹き出しちゃって。

…ガハッハッハッハッハッハッ!!　おメーのバアさん、『牛皿』のことを牛の絵が描いてある皿だと思っ…グッハッハッハッハッハッハ!!

…まぁ、そんなことは日常茶飯事だからいいんだけどさ、先週、福島の温泉にジジババを連れてったときはもうまいった…。

…何があったんだよ？

…何があったもへったくれもねえよ。うちのバアさん、温泉旅館の駐車場でバックしてきた車に轢《ひ》かれてんだもん、いきなり。

…おいおい…。

…まぁ、低速でぶつけられたからケガは大したことはなかったんだけど、とにかくバアさんが怒っちゃってよぉ。「手や足で押されるならまだしも、自動車を使って押すのは許せない」なんて言って目をむいてんだ。

…轢かれたんだろーよ、おメーのバアさんは。…プッ！

…で、もっと凄《すご》かったのがジイさんだよ。目の前でバアさんが轢かれたのに大笑いしてんだよ。

……何で？

…轢かれた瞬間、バアさんが「ボスニア！」っていう単語を吐いたって言うんだよ。

…グハッハッハッハッ！　ボ…ボスニア……グハッハッハッハッ！

…まぁ、そんなこんなで夜になってよぉ。川沿いにある露天風呂に入ろうってことになったんだ、3人で。そんで、裸になったのはいいんだけど、ジイさんなんか栄養失調のロバが謝ってるようなチンコをしてんだよ。

…リアルに言うなよ！

…で、生まれて初めてバアさんの裸も見たんだけど、デブのババアの身体って生意気だぜ。いったい、どこまでが胸なのか腹なのか尻《しり》なのか全然判断がつかねえんだけど、ケバだけは一丁前にボーボーなんだから。

…いいじゃねえかよっ、そんなこと。

…そんで、風呂《ふろ》に入ってたら、バアさんが戦争の話をおっ始めやがってよぉ。「撃ち落とされたB29のパイロット。その米兵をみんなで捕まえて、順番で竹ヤリで刺したんじゃ。ワシは2番目で『息子を返せ～!!』って泣きながら突いた」なんて言うんだ。

…ま、自分の子供を亡くしてればな…。

…ところが、うちのバアさんの子供って、オレの親父を筆頭に今も全員ピンピンしてんだぜ。結局、全部ウソっぱちなんだよっ。…あの女、そろそろ一発ヤッて黙らしとかねえとな。

…気持ち悪いんだよっ！

……突っ込まれ長者　ゴッチャン一家

…オレの地元に『ゴッチャン』って奴がいるんだけど、今回はソイツの話でもするかな。

…どうせその男もキ○ガイなんだろ。

…まぁ、そう言うなよ。とにかくこのゴッチャンって男は、外見がスーパー・エキセントリック・シアターの小《お》倉《ぐら》久《ひさ》寛《ひろ》にソックリでよぉ。そんでもって、まず家から凄い。中学んとき、シンナー吸いに初めてゴッチャンちに行ったんだけど、ドアを開けたらいきなり木が生えてんだもの。

…はぁ？　何じゃい、そりゃ…。

…ゴッチャンちって、2部屋しかなかったから増築したらしいんだわ。けど、予算が2万円しかなかったから、新しい部屋の壁は全部ベニヤ板で、屋根も薄っぺらいトタンが張ってあるだけなんだ。そのうえ、床は土のまんまになっちゃって、夏になるとクワガタが出てきちゃったりして。

…2万円で増築を考えんなよっ、ゴッチャンの両親も。それに木ぐらい切れっつーの！

…ところがだよ。ゴッチャンちって、見通しの超悪いT字路の近くに建ってるもんだから、2年に1度ぐらいの割合で車に突っ込まれんの。で、突っ込まれるたびにドンドン家が立派になっていくもんだから、ゴッチャンの家族もすっかり味をしめちゃってさ。わざと車に突っ込んでもらうよう、夜の8時を過ぎたら家じゅうの電気を消しちゃうんだ。

…ヘビのような一家だなぁ、おい。

…ちなみに、オレんちの近所にはもう1軒よく車に突っ込まれるラーメン屋があって、まともに営業してるより突っ込んでもらったほうが儲《もう》かるってんで、メニューはワンタンだけでわざと店内を薄暗くしてる店がある。つまり、オレんとこの町内には家ごと当たり屋をやっている一家が2組もいるんだよ。

…ホントに日本なのかよっ、おメーの地元って。……で、その後、ゴッチャンの家は

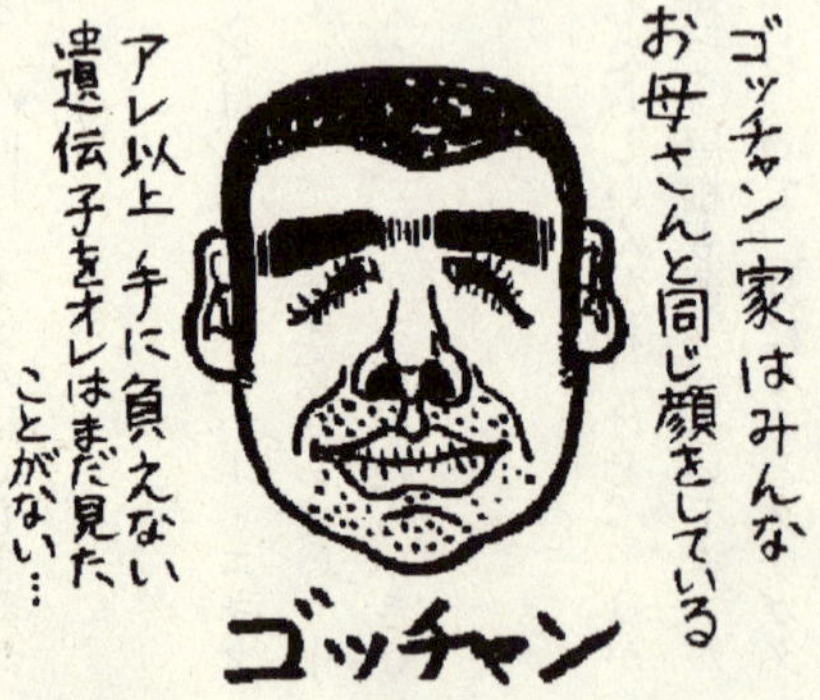
ゴッチャン一家はみんな
お母さんと同じ顔をしている
アレ以上 手に負えない
遺伝子をオレはまだ見た
ことがない…
ゴッチャン

少しはマトモになったんか？

…マトモなんてもんじゃねえよっ。今じゃ鉄筋コンクリートの2階建てだよ。

…そんな丈夫な家を建てちゃ、突っ込まれてもビクともしねえじゃねえか。

…ダメだよっ、ゴッチャン一家を甘く見ちゃ。今でもゴッチャンちは、1階の道路に面した壁を総ガラス張りにしてあるんだぜ。おまけに3年前から強引にガラス屋を始めちゃって、高そうなガラスの板が1階にギッシリ置いてあるんだよ。つまり、あそこに車が突っ込んだら、ガラスの弁償代だけで2階建てが3階建てになるって寸法なんだよ。

…恐ろしい一家だなぁ…。

…ま、奴の家の話はこのくらいにして、とにかくゴッチャン個人は凄くツイてないの。中3のときなんか、オレとゴッチャンで無免で原付バイクを乗りまわしてたら突然、ゴッチャンが「痛いっ、痛いっ、痛いっ!!」なんて言って、バイクごと近くの店に突っ込んじゃってよぉ。慌ててゴッチャンの様子を見に行ったら、「左目が死ぬほど痛いっ!!」なんて言って転げまわってるんだ。そんで、ヤツを無理矢理押さえつけて目を開けさせたら、ナント！　左目の瞳《ひとみ》が右目の倍ぐらいの大きさになってて、おまけに黄色いストライプが入ってんだよ。で、よくよく見たら、左目の中にスズメバチが1匹丸ごと入ってやがってさぁ。普通はそんなもん入らねえよなぁ。

……絶対に入らねえよ。

…で、ゴッチャンが突っ込んだ店っていうのが、偶然にも奴んちと同じガラス屋でさぁ。ガラスの弁償代だけで18万円。

…あ〜あ〜。

…ところが、その翌日だよ。今度はゴッチャンちが車に突っ込まれて、結局はそのドライバーからの弁償代。それでゴッチャンの弁償代を穴埋めできたうえ、半月後には一家でサイパンに行っちゃってんだもの。

…ガラスなんて粉々になりゃあ何枚割れたかなんてわかんねえしなぁ。…しかし、ゴッチャンのファミリーっていうのは恐ろしいな。息子の運のなさを他力でフォローするばかりか、逆に利益まであげちゃってんだもの。きっと、ゴッチャンが事故った翌日からは昼間から暗くしてたな、家ん中を。

…ま、そんなこんなで、オレとゴッチャンは高校に入ると同時に地元の暴走族に入ってさぁ。ところが、2つ上に倉田っていうとんでもねえ先輩がいてよぉ。とにかくソイツが小切手を毎晩のように切るんだよ。

…小切手…？

…ああ。ただの白い紙に鉛筆で『5000円』とか『10000円』って書いてあんの。そんで、その先輩は後輩のオレたちにそれを渡して、「焼き肉弁当を買ってこい！」なんてコクんだ。そんで、しょうがねえから自腹で弁当買って持っていくと「お釣りは？」なんて言ってダメを押すんだよ。

…国王かっ、ソイツは!!

…で、オレたちの代で一番その小切手を切られてたのがゴッチャンなんだ。理由は倉田曰《いわ》く「家に車を突っ込まして儲けてるから」だって。知ってるんだよ、ちゃんと。

…何言ってんだよっ、ゴッチャンの一家も好き好んで車に…。

…好き好んで突っ込まれてんだよ。

…じゃあ、自業自得じゃねえかよ！

…ところがだよ。世の中っていうのはよくできてんな。数年後に倉田の親父がゴッチャンちに車で突っ込んじゃってさ。結局、ゴッチャンの小切手代を回収したばかりか、一家でまたサイパンに行っちゃってんだから。

……凄すぎる。

………「狼が出たぞぉ〜!!」日本一のウソつき太郎

…今回は凄《すご》いウソつきの話でもするかぁ。

…ということは、自動的に『バカ龍』の話だな。

…いや、アイツも並のウソつきじゃねえけど、オレの地元にもっと凄いウソつきがいたんだわ。

…バカ龍以上のウソつきがいるんか、この日本に…!?

…ああ。中学んときの同級生で『サーカス』って奴なんだけどな。

…サーカスぅ?

…中3のときに秋田から転校してきた奴なんだけどさ。最初の自己紹介から「自分は今まで東北をシメてました。これからは関東をシメるのでヨロシク!」だもの。

…東北をシメてた…。池上遼一《いけがみりょういち》のマンガじゃあるめえし、1人の中学生がどんな方法でシメるんだ、東北地方を?

…その翌日だよ。そのサーカスがオレの席の前に来て、「オタクがこの学校のアタマなんだろ…。話があるから放課後、体育館の裏へ来てくれや」な―んて言うんだわ。

…ほうほう、ありがちなパターンだな。

…で、行ったんだよ。タイマンを張る覚悟で。そしたら、「オレんちには今、トラが8頭いる。このトラを使って関東をシメようと思ってんだけど、おメーも手伝ってくれや」なんて言うんだよ。

…グハッハッハッハッ！　…グハッハッハッハッ！

…普通笑うよなぁ。だから、オレもそのときに大笑いしたんだよ。そしたらソイツ、「青森の番長も大笑いしたけど、結局オレのトラにやられた」なんて真顔で言うんだ。

……ソイツ、ウソつきっていうより少し頭がオカしいんじゃねえのか？

…で、翌日にはソイツのトラの話が学校じゅうに広まっててよぉ。みんなからサーカスって呼ばれちゃってな。

…それがそのままアダ名になっちゃったってわけだな。

…ああ。そしたらサーカスの奴、オレたちに自分のトラを見せるって言うんだ。で、「じゃあ、今から学校フケておメーんちに行こう」って言ったら、「今日はオヤジが会社に連れてってるからダメだ」なんてコクの。

…おいおい。

…だから尋ねたんだよ。「おメーんちのオヤジは何やってんだよ?」って。そしたら、「トラ関係の仕事をイロイロしてる」なんてコキやがってよぉ。「トラ関係って具体的にどんな仕事なんだよ?」ってツッ込んだら、「今はコレ以上言えない。言ったら日本の総理大臣が交替することになる」なんてホザくんだ。

…ブハッハッハッハッハッハッ! 何だよ、ソレ。

…そんで、「じゃあ、いつならおメーんちにトラがいるんだよ」って聞いたら、「明日ならいる」って言うんだわ。で、翌日4～5人でサーカスの家に行ったんだよ。そしたら、奴の家ってメチャクチャ小さくってよぉ。「おメー、この家の中にどうやってトラを8頭も飼えるんだよ⁉」って誰かがツッ込んだら、「地下室がある」なんてヌカしやがってな。

…まさしく、ああ言えばこう言う、だな。

…で、「なんでもいいから早くトラを見せろ!」って言ったら、「今日はオヤジが会社に7頭連れてったから、今は子供のトラしかいない」って言うんだよ。そんで、「じゃあ、その子供のトラを見せてくれ」って奴の家に上がり込もうとしたら、「トラは庭にいる」って言うんだ。

…庭に…⁉

…ああ。そんで、庭の隅っこのほうにある犬小屋みてーなのを指さして、「ビクトリー、出てこい！」なんて叫ぶんだ。その小屋には『タロウの家』って思いっきり書かれてんのに…。そしたら、中からゴソゴソって変な黄色い動物が出てきちゃってよぉ。

…変な黄色い動物…？

…よく見たら何のことはない。柴犬に力ずくで黄色い絵の具を塗りつけただけなんだよ。おまけに、途中で黄色い絵の具がなくなっちゃったらしくて、後ろ足からシッポにかけてがオレンジ色なの。で、オレたち、必死に笑いをこらえてたらサーカスの奴、大真面目な顔で「スマトラ産のトラは2歳にならないと黒いシマが出てこないんだ」…だもの。結局、大笑いしてから半殺しにしてやったけどな。奴のこと。

…それから奴はピッタリおとなしくなったと。

…とんでもねえよっ。それからもジャンボマックスの中に入ってたのは自分のオヤジだとか、子供の頃、マッカーサーに青リンゴを2個もらったとか、東北サファリパークがオープンしたとき、始球式で投げたのは自分だとか。

…なんでサファリパークで始球式をやるんだよ!!

…とにかく、すべての会話の8割がウソなんだ。で、案の定、そのうち誰にも相手にされなくなっちゃってさぁ。

……当たりメーだっつーの。

……ところがサーカスの奴、高校に入ってからも懲りずにウソをつきまくってたらしいんだ。サーカスと同じ高校に通ってた奴の話じゃ、入学式の日に「オレは九州で人を殺して今、逃走中だ」って言って、一躍学校一の有名人になっちゃったらしくってよぉ。

……人を殺して逃げてる奴が、どーして高校の入学式にノンビリと出席してるんだっつーの！　……ま、ツッ込むだけアホらしいけど。

……そんでさぁ、つい2カ月前のことだよ。地元の友達から電話がかかってきて、「お前、テレビでサーカスのこと見なかったか?」って言うんだよ。で、見てねえよって答えたら、「やっぱりアレはサーカスだぜ！」なんて興奮してんだわ。そんで、「何の番組に映ってたんだよ?」って尋ねたら、「緊急特番で上九《かみく》一《い》色《しき》村で白い服着てた」って…。

………あ〜あ、結局はソコいっちゃったか。

……キ○ガイだよ全員集合!!　板谷家の新年会

…あのよぉ、毎年1月3日になるとオレんちに親戚《しんせき》一同が集まって新年会を開くんだけどな。

…えっ…もしかして、おメーんちって本家だったの。あんな汚ねえ家が!?

…ほっとけよ！　…で、オレんちって親父の兄弟が多くてさぁ。しかも、みんな貧乏なくせにグッピーのように子供を作るんで、1月3日には総勢50人以上がウチに押し寄せてくるんだわ。

…なんだか知らねえけど、いやな一族だなぁ…。

…で、毎年ウチのジイさんとバアさんが一番上座に狂い雛《びな》のように並んで腰を下ろして、講釈をタレてから飲み食いが始まるんだけどな。ところが、今年はジイさんが開会の挨拶《あいさつ》をしようとした瞬間、突然『ピュ～キュソッポ～キュウウウ～～ッ』なんていう、ロボットが狂いはじめたような音がするんだよ。で、みんな「何の音だぁ!?」なんて大騒ぎになっちゃってさぁ。調べてみたら、ジイさんがつけてる補聴器の音なの。

…はぁ？

…いや、うちのジイさんって超安い補聴器を使っててさぁ。どうやら耳の穴に正確にハマってないと、そんな音を発するらしいんだよ。そんで、みんな笑い転げちゃって、その後のジイさんの挨拶なんか誰も聞いてないんだ。で、20分ぐらいしたら今度はバアさんが「はい、みんなクジやるよぉ」なんて言い出しちゃって。

…なんだ、そのクジって？

…ソレも毎年恒例になってんだけど、ウチのバアさんって11月頃から新年会のためにクジを作っててさぁ。そのクジっていうのが、フロシキがかけてあるデカい段ボール箱から何本もヒモが出てるんだよ。で、そのヒモを各孫たちに1本ずつ引っ張らせるんだけど、80センチぐらい引くだろ。そうすんと、まずバアさん自作の短歌が書かれた短冊が出てくるんだ。

…ププッ!!　ちなみに、今年おメーが引いた短冊にはどんな歌が書いてあったんだよ？

…『頭の上はロケット時代』…。

…なんだ、そりゃ？

…つまり、その短歌がヒントになってんだよ。続いて出てくる景品の。

…頭の上はロケット時代……。おメー、どんな景品が当たったんだよ？

…小汚ねえクシだよ。

…はぁ？

…バアさん曰《いわ》く、「今の若い衆は重油で髪の毛をツンツン立てて、それがロケット発射してるように見える。だから景品はクシだ」って言うんだから。

…完璧《かんぺき》に自己完結の世界だな…。

…ああ。で、今年一番ツイてなかったのがウチの弟で、ヒモを引っ張ったら『千でかかれば恐くない』なんて歌が出てきちゃって、さらに引っ張ったら千羽鶴が登場しちゃってんだもの。

…ボハッハッハッハッハッ!!　病人や甲子園球児じゃあるめえし、いきなりそんなモノ貰《もら》っても迷惑なだけだっつーの。

…ま、そんなこんなでクジが終了してさ。ヤレヤレと思ったら突然、うちの親父と親父の妹のダンナがケンカをおっ始めやがってよぉ。

…殴り合いに発展したのか？

…ああ。でも、その原因つーのが凄《すご》いんだ。実はその前に、うちの親父は自分の妹の息子たち、つまり、甥《おい》に当たる2人に『学校は公立か私立のどっちに進んだほうがいいか？』って進路相談を持ちかけられてたんだよな。

…相談する相手を間違えてねえかぁ…。

…そうだろ。で、案の定、うちの親父は「人生はパーティのようなもんだから」とか「とにかくトラの目になることだ。そうすれば何をやっても成功する」てなトンチンカンな答えを連発しちゃってさぁ。

…あ〜あ〜。

…で、それから30分も経たないうちに、今度は妹のダンナとうちの親父が口論になったんだわ。しかも、ソレがみんながクジを引いてる間もズーッと続いててな。

…口論のキッカケは何だったんだよ？

…ほら、従業員のことをさす『STAFF』っていう英語があるじゃん。うちの親父って、昔からソレを『スタップ』って発声してたんだよな。そしたら、親父の妹のダンナが「それは『スタッフ』ですよ」って注意したんだ。

…うん、それで？

…ところが、親父は甥っ子たちの前でさんざん偉そうなことを喋《しゃべ》った手前、それを断固として認めないの。

…それで口論になったと。

…ああ。で、先に手を出したのは、普段は滅多に暴力を振るわない親父のほうだったんだけどよぉ。ところが、普通じゃねえんだよ。奴のケンカの仕方っていうのが。

…何をしたんだよ？

…だって、相手の顔に向けて、いきなりピースサインで空振りしてんだぜ。つまり、本気で相手の目を潰《つぶ》そうとしてんだもの。

………………。

…で、次の攻撃では『逆ヘッドバット』としか名づけようのない、自分の鼻を相手の頭部に思いっきり打ちつける技を繰り出しちゃってさぁ。もう、勝手に鼻血まみれになってんの、うちの親父。

………………。

…で、親戚一同に取り押さえられちゃってさ。そしたら、妹のダンナに向かって「テメーんとこの家族は皆殺しだあああ!!」なんて絶叫しちゃって。

…おい……。ということは、おメーの親父がさっきまで進路の相談を受けてた甥っ子たち、ソイツらまで全滅させるってことだぞ。

…そうなんだよ。つまり、うちの親父が最終的にはじき出した甥っ子たちの進路は

『墓場』だったんだわ。

……確実に存在してたな。おメーの先祖には、モンスター級のキ○ガイが…。

……バスケットリングで自宅がディズニーランドに…

…なぁ、オレんちの庭にバスケットリングがあんの知ってんだろ?

…ああ。3カ月ぐれー前に、おメーがバアさんの家庭菜園のド真ん中に強引におっ立てたヤツだろ。

…まいっちゃってんだよ、アレ立ててから…。ほら、あのリングって実際のよりかは低い位置に設置したろ。だからオレでも楽勝でダンクができるんで、面白くて毎日のように練習してんだよ。で、4日目ぐらいかなぁ。人が気持ちよくダンクしてたら突然、隣のオヤジが塀越しに「うるせえぞっ! 毎日毎日ドッタンバッタンと!!」なんて文句言ってきやがってよぉ。オレも「うるせえなっ、クソオヤジ。ダンクができねえからってひがんでんじゃねえ!!」なんて言い返したんだ。

……なぁ、ムチャクチャだぞ、お前の言ってること。

…そしたら、それを聞きつけてうちの弟が家から飛び出してきやがってよぉ。「ダンクしてて文句言われたの?」なんて聞いてきたから「そうなんだよ」って答えた途端、「くぅおらあああああっ、クソオヤジ!! 貴様が毎日、テメーんとこの錦鯉《にしきごい》に餌をパラパラやってる音のほうが全然ウルセェんだよっ!!」なんて吠《ほ》えかかっちゃって。

……なぁ、どう考えてもダンクしてる音のほうがウルセェと思うんだけど。

…まぁ、それで隣のオヤジもすっかりビビッちゃって、何も文句言ってこなくなったんだよ。それから半月ぐらい経ったある日だよ。家のチャイムが鳴ったんで出てみると、見知らぬ中学生みてーなのが2人立ってんの。それで、「何だ?」って聞いたら、「バスケットをやらせて欲しいんですけど…」なんて言ってモジモジしてんだわ。

…近所に広がってたんだ、おメーんちの庭にリングがあるって情報が。

…ああ。で、話を聞いてみたところ、2人ともオレが通ってた中学に行ってて、それなりに礼儀正しいから「イイよ」って言ったら、毎日来るようになりやがってよぉ。おまけに、ドンドン人数が増えてんだよ。この前、仕事の打ち合わせから帰ってきたら、10人ぐらいで試合をしてんだぜ。オレはブロンクスにある更正施設の所長じゃねえってんだよ!

…ブハッハッハッハッハッ!…で、その後はどうなったんだよ?

…どうなったもこうなったも、オレは家族じゅうから文句を言われるハメになっちゃってよぉ。…まぁ、弟だけはその中学生たちに根性焼きを入れたりして喜んでたけどな。…ところがだよ。そのうち、もっと大変なことになっちゃってさぁ。

…どうしたんだよ?

…ほら、オレってNBA（アメリカのプロバスケリーグ）のカードを集めてんだろ。そんで、つい魔がさしちゃって、そのカードをバスケに来る中坊の1人に見せちゃったんだよ。そしたら次の日、オレんちのチャイムが鳴るんだよ。で、ドア開けたら、今度は見知らぬ小学生が5~6人立ってるんだ。そんで、「何よ!?」って聞いたら、そのなかの1人がオレがバスケカードを見せた中坊の弟らしくってさぁ。「この家にカードがいっぱいあるって聞いたんですけど…」なんてコキやがるんだ。で、しょうがねえから家ん中に上がらしてカード見せてやってさ。よしゃーいいのにオレ、カルピスまで出しちゃって。

…あ~あ~、種をまいてるようなもんじゃねえか。

…そしたら翌日、今度は10人以上で来やがってな。そのうちの1人がうるせえガキで、黙って観賞してりゃいいもんを「オジさん、このカードちょうだい。ねぇ、ちょうだいってばぁ~」なんてダダをコネはじめやがってよ。オレも最初のうちは笑いながら「無茶言うなよぉ」なんて穏やかに返答してたんだけど、あんまりしつけえんで「やかましいっ、このクソガキャあ!! 何でテメーにやらなきゃいけねえんだよっ、しまいにゃあツブすぞっ、お!!」なんてブン殴りそうになっちゃってよぉ。

…本気になんなよっ、小学生相手に!

…でも、ホントまいったわ。気がつくと庭では中坊がバスケの勝ち抜き戦をやってるし、家ん中では見知らぬ小学生がウロウロしてんだぜ。イナゴの大群に襲われてるようなもんだっつーの。……でも、本当に大変だったのはその後なんだよ。

…何だよ、今度は赤ん坊が集まるようになったのか?

…それがよぉ、その小学生たちがあんまりカードくれ、カードくれ…ってうるせえもんだから、ほら、ちょっと前までマクドナルドでバリューセットを買うとNBAグッズが当たるカード。ソレをくれるってキャンペーンをやってたろ。

…ああ、あの特製ピンバッチとかが当たるやつだろ。

…そうそう。オレ、あのピンバッチが欲しかったんだよ。それも全チームの。だからガキたちに、そのバリューセットのカード1枚とバスケカード3枚を交換してやる、って条件を出したんだ。そしたら、次の日からガキたちがバリューセットのカードを30枚ぐらいずつ持ってくるようになっちゃって。アッという間に欲しかったピンバッチがプリプリ揃っていくんだわ。

…30を過ぎてんだろ、貴様は…。

…そんで、10日ぐらいしてからだよ。朝方、チャイムが鳴ったんで玄関に出てくと、変なオバちゃんが立ってんだよ。で、「なんスか?」って聞いたら、近くの小学校の先生なんだ、そのオバちゃん。そんで今、その小学校で授業を抜け出してマクドナルドに行く生徒、それと、放課後の校庭でフライドポテトを食い散らかしてるガキが急増して地域問題になってる、って言うんだ。

…その旋風を巻き起こしてる張本人がおメーってわけか…。

…ま、わかりやすく言えば、このオレはそれだけ地域の大物になってきたってことだな。

………死んじゃえよ、お前。

……板谷家に投下された新型核ミサイル　その名も『秀吉』

…あれ、おメーにはまだ言ってなかったっけ。オレんちに今度お手伝いさんが来たんだよ。

…お手伝いさん!? おメーんちは、いつからそんなリッチになったんだよ、おい…。

…知るかよ。で、うちのバアさんの一番下の妹の友達だとかで、週に3日ぐらい来るんだけど。まず名前が凄《すご》い。本人のプライバシーを守るために苗字《みょうじ》は明かさんけど、名前が『秀吉』だぜぇ。

…なんだぁ、ジジイのお手伝いさんか。

…いや、ババアなんだよ。

…えっ!? ババアで秀吉…。

…な、凄いだろ。そんで、基本的には洗濯と昼飯なんかを作ってもらってんだけど、オレんち今、週に3回は雑煮だぜ…。

…何で？

…だって、秀吉って雑煮しか作れないんだもん。だから最近、ジイさんとバアさん以外は昼はみんな外食するようになっちゃってよぉ。

…何だよ、ますます不経済じゃねえか。

…だって、2日に1度は雑煮だよ…。しかも、その雑煮の中にバナナを揚げたヤツが必ず入ってんだから。見習いの相撲取りだってそんなモノ食わねえっつーの！

…何かおメーんちって、ますますアダムスファミリー化に拍車がかかってねえかぁ？

………。でな、雑煮だけだったらまだ許せんだけど、秀吉って勝手に人の部屋に入ってくるんだよ。この前もオレ、自分の部屋でバスケカードを整理してて、何の気なしに後ろを振り向いたら、秀吉が白い着物を着て立ってるんだ。オレ、口から心臓が飛び出るかと思ったぜ…。

…そりゃビックリするわ。

…そんでさぁ、「何か用？」って聞いてもズーッとオレの目を見てるんだよ。で、そのうち黙って部屋から出ていっちゃってよぉ。あと、うちの親父なんか風呂《ふろ》に入ってるとき、ドアを開けられちゃって「寒いから閉めてくださいよ」って言ったら、モノ凄い形相でニラまれたっていうんだから。

…金を払って幽霊を雇ってるようなもんだな…。

…でな、この前、うちのバカ弟が久々に帰ってきたんだけどよぉ…。

…そういえば、おメーの弟って、確かアメリカに行ってたんじゃねぇの。日本のカマキリを売りに。

…いや、それはとっくに断念して、今は目黒で1人暮らししてんだよ。

…え…じゃあ、何やってんの、仕事は？

…それがなんだかよくわからないんだよ。本人が言うには「人んちのペットを散歩させたり、鯉に色をつけたりする総合ビジネス」らしいんだけど…。

…なぁ……おメーの弟って、とうとうバカからキ○ガイに昇格したんじゃねぇか？それってビジネスじゃなくて、おメーの弟が人んちの生き物と勝手に遊んでるだけじゃねぇのか？

…………。でな、話を元に戻すと、弟が久々に家に帰ってきたんだけどさ。奴は、ほら、秀吉がうちにお手伝いに来てること全然知らないんだ。で、その日はうちの家族が全員出払っててよぉ。弟の奴、食堂でフルーチェを作ってたら、後ろに白い着物を着た秀吉が立ってたんだって。そんで、弟が「うわあああっ、出たあああああっ～～～～!!」ってビックリして、逃げたら、秀吉がモノ凄い形相で追っかけてくるんだって。で、2階

まで逃げたんだけど秀吉がまだ追っかけてくるんで窓から飛び降りたら、右の足首の骨が
ポキンと折れちゃってさぁ。

…あ〜あ、マジでシャレんなんねえじゃねえか。

…ホント、シャレんなんねえよ。…で、その晩の家族会議で秀吉に辞めてもらうことになったんだけど、相変わらず通ってくるんだよ、うちに。

…辞めてくれ、ってハッキリ言ったんだろ？

…ああ。来るたびに言ってるよ。

…でも来るんだ。

…うん…。

…で、どうすんの？

…………只今《ただいま》、美味《おい》しいお雑煮を作ってくれる家政婦さんをプレゼント中。希望者はハガキに住所・氏名・電話番号を書き…。

…読者に押しつけてどうすんだよっ!!

……………………。　なぁ、おメーって昔、雑煮が好きだって……。

…もういいよっ!!

……乱闘必至！　騒音軍団撃退大作戦

…しかしこの世の中、つくづく何が起こるかわかんねえよなぁ〜。ホント、最近心からそう思うわ。

…なんだよ、また何かあったのかよ？

…いや、オレの地元に花屋をやってる奴がいてな。この前、ソイツが遊びにきたんだよ。で、いろいろ話してるうちに、新婚ホヤホヤなのにアパートの隣の部屋のガキどもが毎晩うるさくて困ってる、って言うんだ。そんで、1回注意する意味で壁を叩《たた》いたら、スグに「何か文句あんのか！」って部屋のドアを何度も叩き返されて、ビビって出て行けなかったらしいんだわ。

…要するに、その花屋は何とかして欲しかったわけだな、おメーに。

…ま、半年前に親父の不注意で家が全焼しちゃって、何とかして欲しいのはコッチのほうなんだけどな…。で、さっそくそのガキどもを注意しに行こうってことになったんだけど、その話を弟のセージとベッチョが横で聞いてやがってよ。気がついたら、いつの間にかオレの車に乗ってやがるんだ。

…おお、ベッチョかぁ〜。久々の登場じゃねえかよ。そんで?

…夜の8時過ぎかなぁ。花屋のアパートに上がり込んで、嫁さんがいれてくれた紅茶を飲んでたら急に隣が騒がしくなってな。笑い声やら絶叫やら、ドッタンバッタンってプロレスでもしているような音まで響いてくるし、なるほどこれじゃあ確かにタマんねえんだよ。

…ほうほう。

…で、なるたけ穏便に話をつけようと思って、隣の部屋のドアをノックしたんだよ。そしたら、髪を赤くして小鼻にピアスをしたハタチぐれーのガキが顔を出して、「何?」って言うから「隣の者なんだけど、もう少し静かにしてくれねえかなぁ」って言ったんだわ。

…おメーにしちゃあ、いつになく紳士的じゃねえか。…んで?

…そしたら、「何だ、どうした!?」って部屋の中から新たに4人出てきやがってさ。そのなかでも一番やんちゃそうな、銀髪で上半身裸の奴が「何か文句あんのかよ、オッさん!!」なんてコキやがってよ。「だから静かにしてくれよ、夜なんだからさぁ」って、もう1度注意したんだ。そしたら、「ウルセー!」っていう香ばしい答えが再び返ってきて、持ってた酒ビンの中身をオレの服にかけやがってよ。

…く～～～～っ、タマらん展開やなぁ～。

…そしたら次の瞬間、オレの肩口から黒い棒のようなモノが振り下ろされたと思ったら、『ゴシン!』っていう鈍い音がして、銀髪の奴が倒れちゃったんだ。

…な、何が起こったんだよ!?

…オレの弟って、前にロスに行ったときに向こうの友達にロス市警の警棒をもらってきたんだよ。ソレで銀髪の頭を殴っちゃってんだもの…。

…下手すりゃ死んじゃうじゃねえか、そんなもんで殴ったら…。だから連れてかないほうがいいんだよっ。そんなところにキチ…じゃなかった、弟を。

…そうなんだよな。…で、他のガキどもなんか硬直状態になっちゃってよ。そしたら、ベッチョの奴がその部屋の中に勝手に上がり込んじゃって、おまけに冷蔵庫開けて「あ、マルちゃんの焼きソバ見～っけ!」なんてやってるんだ。

…相変わらず絶好調のようだな、もう1人のキチ…じゃなかった、ベッチョも。

…で、ベッチョの奴、倒れてる銀髪を冷蔵庫の前まで引きずってって「ねぇ、この焼きソバ作っていい? ねえ、作っていい?」って尋ねてんの。相手は頭押さえてウ～ウ

~唸《うな》ってるってのにだぜ。

……なぁ、メキシコの貧しい7人兄弟の末っ子だってそんなことしねえぞ。おメーもとめろよっ、年齢的には立派な大人なんだから！

…で、ココからが冗談みてーなホントの話なんだけどな。突然、ベッチョが何かを部屋の中で発見したらしくて、「お兄さん、お兄さん！」って手招きしながらオレを呼ぶんだよな。

…何だよ、覚醒剤《かくせいざい》でもあったんか!?

…バカっ、それ以上の代物だよ。オレも部屋に上がり込んでベッチョが指さすほうを見たら、『パチスロ必勝ガイド』が、しかも、オレたちのこの連載ページを開いたまま部屋の隅に置いてあるんだよ！

…ええっ…。

…で、よしゃあいいのに、それを見た弟が最初にドアから顔を出した赤い髪の奴に「なぁ、金角（この当時のオレのペンネーム）って知ってる？」なんて尋ねやがってよ。そんで、相手が肯《うなず》いたら「ジャーン！この人が金角さんで~す」なんてオレのことを思いっきり指さしやがるんだよっ。

…な、なんちゅう恥ずかしい……。

…そしたら、急にその赤髪の表情が明るくなっちゃって、「おええっ!! そ、そしたら…も、もしかして、あなたがセージさん!?」って興奮しはじめちゃってさ。それからだよ。そのガキどもが、「ゴッチャンの家はアレから車に突っ込まれてないんですか?」とか「金角さんのお婆さんて、ホントにパンストをかぶってるんですか?」とかガンガン質問してきやがってよぉ。ソイツら、毎回読んでやがんの。このどうしようもねえページを。

………わからん。なんてコメントしたらいいのか。

…で、結局、みんなでベッチョが作った焼きソバを食って一件落着だよ。ちなみに、警棒で殴られた銀髪の頭には凄《すご》いタンコブができてたけど、弟にその警棒をもらったら喜んじゃってさ。ま、アイツら、あのアパートでは今後静かにすんだろな。

…確かに凄いな、なんだかサッパリわかんねーけど…。

……恐怖の失敗パーマ　8時間半事件

…あのよぉ。オレ、小学校2年のときから近所の床屋一筋なんだよな。

…何だよ、藪《やぶ》から棒に…。ソレがどうしたんだよ?

…そんでな、その床屋のオヤジっていうのが狩人《かりゅうど》の兄貴のほうを10倍ぐらい情けなくしたような顔してんだけど、何て言ったらいいのかなぁ……ま、オレとそのオヤジは昔からお互いのことを鍛え合ってんだよ。

…はぁ?

…たとえば…そうそう、オレが中3のときだったかなぁ。初めてアイパーのサイドバックをかけてもらいに行ったんだよ、その店に。

…アイパーのサイドバックっていったら横山ヤッさんのような髪型だろ?

…うん。だけど、その床屋つーのが当時から年寄りの客しか来ない店でよぉ。アイパーのサイドバックなんて1度もかけたことがないって言うんだ。でも、オレは生まれてからその床屋以外で髪を刈ったことがなかったから、強引にかけてもらったんだよ。そしたら、サイドバックの鉄則『頭の角はできるだけ鋭角にすべし』をサッパリ無視しやがってさぁ。ダウンタウンの松ちゃんが演じるアホアホマンみてーな頭になってんの、オレ。学校休んだもんな、翌日。

…でも、そりゃあ無理矢理頼んだおメーのほうが悪いっつーの。

…ま、そりゃそうだけどよぉ…。それから高1のとき、初めてコールドパーマをかけてもらったときは凄かった。コールドパーマっていうのは、髪の毛を細かくロッドで巻いていくんだけどさ。案の定、1回もやったことがないらしいんだわ。で、床屋に入ったのが午前10時だったんだけど、ロッドの巻き方がなっちゃなくて、前に巻いた部分のロッドが次々と外れてくんだ。で、また巻き直して、また外れて…って繰り返してたら、ようやく終わったのが夕方の6時。

…8時間も巻いてたのかっ、床屋のオヤジは…。

…ああ。だから床屋代を払おうとしてオヤジに1万円札渡したら、ソレまでクルクルって丸めやがってさ。

…ウソつけいっ！

……とまぁ、長い前置きはこのくらいにして、実はつい1週間前に赤坂に住んでる伯《お》父《じ》さんが何の前触れもなくオレんちに遊びにきたんだよ。

…例の、人に恐れられる商売をしてるあの人…？

…ああ。どうやら競輪の帰りにうちに寄ったらしいんだけど、オレの顔を見るなり「整髪してえんだけど、ここいらにないのか、ビシッとした床屋は？」って聞いてくるんだ。で、「オレがいつも行ってる床屋が歩いて1〜2分のところにあるよ」って教えたら、今からソコに連れてけって言うんだよ。で、店に入るなり「コールドパーマをあててくれ」ってイスにドカッと腰かけちゃってさぁ。床屋のオヤジの顔を見たら、すでに真っ青なんだよ。

…ということは、コールドパーマをかけるのは以前、おメーにかけた以来なんじゃねえのかぁ？

…たぶんな…。で、伯父さんは最初は待合所にいるオレに「今日は2百万近く儲《もう》けたから、コレ終わったら寿司《すし》でも食いに行くか？　それとも、おメーは女のほうがいいかぁ？　このドスケベ野郎っ、ガハッハッハッハッハッ！」なんて機嫌よく話しかけてたんだ。ところがそのうち、床屋のオヤジがあんまりポロポロとロッドを落とすんで、「おい、さっきから何やってんだ、貴様は!!」とか「お前は何でそんなに不器用なんだっ!!」って伯父さんが怒鳴りはじめちゃってさぁ。床屋のオヤジもすっかりビビっちゃって、「あ、あの……料金はいただきませんのでやめておきましょうか、ココまでで…」なんて言ってんだけど、「バカヤロー!! テメー、ココでやめたらオレがどういう頭になるのかわかってんのかっ、ボケっ!!」って今にも殴られそうなんだよ。

…結局は、おメーの判断力のなさが元凶になってんじゃねえかっ。

…だって、コールドパーマをかけるとは思わなかったもの。…ま、そうこうしているうちにようやく終わったんだけど、オレと伯父さんが床屋に入ったのが夕方の4時半頃で、床屋から出たのが夜中の1時だぜ…。

…トータルで8時間半…。新記録更新だな。

…ああ…。で、伯父さんは「さんざん怒鳴ったからムチャクチャ腹が減っちまったぜっ。とにかく寿司食いに行こう」って言うんだけど、その時間だとオレの地元では開いてる寿司屋なんかねえんだよ。で、しょうがねえからさぁ、2人で近所で唯一営業してるリンガーハットに入って、皿うどんを注文したんだけどな。明るいところで改めて伯父さんの頭見たら…ブプッ!!

…どうしたんだよ…?

…いや、頭の前のほうはいいんだ。ところが問題は後頭部だよっ。横巻きだとロッドが取れちゃうんで強引に縦巻きにされてて、しかも、時間を短縮するためにソコだけ異常

に太いロッドで巻いてあんの。そんだから、カットされてないカッパ巻きがズラーっと縦に並んでるようになってて、失敗パーマとかいう以前に、うちの伯父さん…ブプッ！　別の意味で危ない人になっちゃってんだよっ。プハッハッハッハッハッハッハッ!!

…ボハッハッハッハッハッハッハッハッ!!

…か…考えてもみろよっ、いい大人がだよ、夜中の1時に後頭部にカッパ巻きがビッシリ並んでるとも知らずに、プリプリ怒りながら皿うどんをパリパリ食ってんだぜ。オレ、笑いが止まんなくなっちゃって…プハッハッハッハッ!!

…ぶぅわっはっはっはっはっはっはっはっはっはっは!!　…そりゃ止まんねえよっ、それで？

…詳しくは言えねえけど、もうあの床屋には行けなくなりました……。

……とっとと田舎に帰れっつーの　不思議少女！

…なぁ、オレの地元に美大受験専門の予備校があんの知ってんだろ。

…ああ。以前、おメーやサイバラが通ってた予備校だろ。

…そうそう。でな、その予備校って、オレがいつも通ってるパチンコ屋のスグ近くに建ってんだよ。で、今の時期って予備校にも新入生が入ってくるじゃん。そうすんとさぁ、パチ屋の近くの公園やコンビニの前に不思議少女がウジャウジャいるんだよ。

…何だよ、その不思議少女って？

…おメーも昔、絵の予備校に通ってたからわかんだろ。ほら、つい2～3カ月前までは田舎の原っぱで野ウサギか何かを追っかけてたのに、東京に出てきた途端、自分のことを素敵でオシャレな変わり者だと周囲にアピールしはじめるバカ女のことだよ。

…いるいるっ。デザイン科を志望してる女に多いんだよな、そういうバカは。

…あの不思議少女つーのは昔、コピーライターがチヤホヤされてた時代の産物だと思ってたけど、どっこい、今でもウジャウジャいるのな。先週なんかもパチンコ屋に入る前にコンビニ寄ったら、その前のベンチに不思議少女が2人座っててよぉ。ヘンテコリンなベレー帽をかぶって洋梨を食ってるんだ。

…ブハッハッ！　そうそう、そういうパターンが多いんだよな。

…そんで、何を話してやがんだと思って聞き耳立てたら、「私、洋梨って好き…。なんか透き通ってるんだもん」とか「花柄のサイドカーに乗って食べたら気分はもうバグダット・カフェ。…そんな食べ物だよね、洋梨ちゃんは」てなセリフを真顔で吐いてやがんだよ。

…腹立つよなぁ〜。

…そしたら、その2人の近くをまた別の種類の不思議少女が通りかかってさ。ベンチに座ってる不思議少女の1人が「あ、メロンちゃんだ。どこ行くの？」なんて声かけたら、「白いベランダがあるお家を探してるの。なぜか今、白いベランダを無性に遠くから眺めたくって」なんて答えてんだよ。…オレ、近くに火炎放射器があったら3人まとめて燃やしてるとこだったぜっ、実際の話。

…不思議少女っていうのは、フタを開けてみりゃあ全然変わり者でも何でもねえのに、他人から変わり者として見られたい一心でワザとヘンテコリンな返答をしたりするんだよな。でも、ハタから見てると超ミエミエもいいとこで、幼稚園児のお遊戯以下なんだ、困ったことに。

…オレが一番腹立つのは、そういうミエミエの小芝居をオレの地元で平気で演じてることなんだわ。オレの地元っていったら、基本的に馬券場、競輪場、パチンコ屋、それに汚ねえ飲み屋ぐれーしかなくてさぁ。いつも街中をフラフラ歩いてんのは、アル中とかチンピラとか出稼ぎ崩れのオヤジたちばかりなんだよ。それなのにテメーらが能天気な不思議合戦をしてるところがそんな街だとも気づかず、毎日毎日自分を奇抜に見せることだけに夢中になってるんだぜ。アイツらのやってることは、ピストルを持ったジャンキーがウロウロしてるニューヨークのハーレムのど真ん中で、鈴木《すずき》蘭々《らんらん》のプロモーションビデオを収録してんのと大して変わらねえっつーの。

…ブハッハッハッ！　確かにそうだな。

…1回、誰かレイプされるなり殺されりゃあいいんだっ。そうなったら、いくらあのバカ女たちでも気づくと思うから。不思議ごっこは予備校の中以外ではしちゃいけないって！

…おメー、今回は珍しく熱くなってねえかぁ？

…だってホントにウザってえんだもん、あの不思議少女っていう生き物。…昨日なんかもパチンコ打ってたら、不思議少女とアニメおたくみてーなカップルが店に入ってきてよぉ。男のほうが「初めてパチンコ屋さんに入った印象は？」なんて女に尋ねたら、「なんかピコピコしてる…。香港の金魚屋さんみたい」なんてヌカしやがってよぉ。オレ、近くに鎌か何かが転がってたら、頭蓋骨《ずがいこつ》が見えるまで頭の皮を剝《は》いでたとこだったぜ。マジで。

…おメー、それにしてもムキになりすぎだよ、今回。相手はたかが勘違いしてる小娘じゃねえかよ…。

…その後、パチンコ屋にいたその不思議少女が何て言ったと思う？「でも、パチンコをしてる人って、きっと空が青かったり鳥が歌ったりすることに気づいてないと思う…」なんてコキやがってよおおおっ！

…だから言わしとけばいいじゃねえかよ。どうせ受験に失敗して田舎に帰るんだから。

…そんで、最後に不思議少女が何て言ってたと思う？「パチンコやパチスロ雑誌でイラストを描いてる人なんかは、この世の中に希望という言葉があることすら気づいてないと思う…」なんてホザきやがってよぉ。

…ざけんなっ、ブッ殺して……ウソつけえええええいっ!!

……香港のド真ん中でボッタクリ運転手とバトル

…そういえばオレ、先月プライベートで香港に行ったんだよ。

…香港っていえば、来年には中国に返還（↑この当時は）されるからなぁ。

…で、現地のガイドが思いっきり怪しい奴なんだよ。ツアー客をバスに乗せたかと思うと、いきなり「香港は今、大変荒れています。夜は3人以下では絶対外出しないでください」とか「先日、日本の男性が100人ぐらいのチンピラにリンチを受け、死亡するという事故が起こりました」とか、とにかくそういう不吉な話ばかりするの。

…おいおい、ドコに集結するんだ。1人の日本人をリンチするために100人のチンピラが…。しかも、仮にその話がホントだったら、とっくに日本の新聞に出てるっつーの。

…な、そうだろ。ところが、他のツアー客なんかバカだからすっかりその話にビビッちゃってよぉ。勧められるまま、旅行会社のオプショナルツアーにビシビシ参加しちゃってんの。タナゴみたいにたくさんで動けば安全だと思って。しかも、そのオプショナルツアーっていうのがクソ高くてよぉ。薄汚いレストラン＆夜景がキレイに見える高台に連れてかれるだけで1人2万円だとか、上海ガニを食うだけで1人1万5千円だとか、もうボッタクリもいいとこ。

…おメーは何かに申し込んだのか？

…申し込むかよっ、そんなもんに。で、ガイドに「オレたちは4日間、全部フリーでいいからかまわないでくれ」って言ったんだ。そしたら、わざとらしく目を丸くしやがってさ。「それは戦争に行くようなものです！」とか「香港のチンピラ、機関銃を持ってます」なんてヌカしやがってな。大笑いしちゃったっつーの。結局、オレたちはタクシーを使ってイロイロ行きたいところをまわったんだけどよぉ。

…じゃあ、意外とイイ旅だったわけだ。

…ところがだよ。3日目の昼ぐらいだったかなぁ。ホテルの真ん前でタクシーを拾ったんだよな。で、「香港サイドのセントラル駅に行ってくれ」って頼んだんだ、下手な英語で。

…何だよ、香港サイドって？

…香港つーのは、大陸の一部の九龍《カオルン》地区と香港島で構成されてる国なんだよ。で、オレたちが泊まってるホテルは九龍サイドにあって、車で香港サイドに行くには海底トンネルをくぐらなきゃならないの。

…なんだか面倒くせぇなぁ、香港って。

…でも、そんなに大した距離じゃねえから千円ぐらいで行くんだよ。ところが、そのタクシーの運転手っていうのが、これまた絵に描いたような怪しい奴でよぉ。乗った途端、いきなり助手席のオレにロレックスの偽物を売りつけようとしてくるんだぜ。

…グハッハッハッ！ ちょうどいいじゃねえか。偽者に偽物を売りつけてんだから。

…じゃあ、オレの本物ってドコにいるんだよっ⁉ …ま、それだけならまだしも、道が混んでるとか言って思いっきり遠回りしてるし、極めつきはそのタクシーのメーターだよ。とにかく、普通のタクシーの3倍ぐらいの速度でガンガン上がってくんだよ。で、海底トンネルをくぐった頃には3千円ぐらいになっててよぉ。おまけに、とっくにセントラル駅の近くに来てるのに、わざとらしく迷ったフリして何度もその周辺をグルグル回りやがってさぁ。

…まさにやりたい放題だな。

…しかもだぜ。2~3千円ボラれるのも愛嬌《あいきょう》だと思って銭を払おうとしたら、トンネルの通行料やらチップやらで、もう2千円払えなんてヌカしやがるんだ。そのふざけた運転手が。で、気がついたらオレ、ソイツのことをタクシーから引きずり降ろしててよぉ。言葉が通じないのは百も承知で、日本語でメチャメチャ文句を言ってたんだ。そしたら、人がドンドン集まってきちゃって、いつの間にかギャラリーが１００人ぐらいになってんだわ。

…ま、おメーみてえなデブが暴れてりゃあ、火吹きか何かの見せ物だと思って人は集まってくるわなぁ。

…大きなお世話だよっ。…で、相手の運転手も中国語で負けずに文句言ってんだよ、オレに。そんで、2~3分言い合ってたら、あろうことか背後から「んっ…アレって金角じゃねえか!?」って声が聞こえるんで、振り向いたら、「ほらっ、やっぱり金角だよ！ウハッハッハッ、香港に来ても暴れてるよっ、おい」なんて日本の観光客がオレのことを指さして笑ってんだよ。

…凄《すご》い確率だぜ。ライターのお前が読者にそんなところで確認されるっていうのは…。

…オレだってビックリしたさ！　…で、ソイツら2組のカップルだったんだけど、人が言い争ってる真っ最中だっていうのにズンズン近寄ってきやがってさ。しまいには「一緒に写真に入ってください」なんてコキやがって、オレも十八番のウンコ座りのポーズをしちゃったりして。

…ブハッハッハッハッ！　何やってんだよっ、おメーは。

…そしたらだよっ。信じられねえことに周囲のギャラリーたちが、(コイツは日本の有名人に違いない)って勘違いしたらしくてよ。ドーッとコッチのほうに押し寄せてきやがって、オレの髪やら服を触ったり、なかにはサインを求めてくるバカもいるんだよ。

…えっ…それでしたんかよ、サイン。

…しょうがねえから、無我夢中で『金角』って書いたよっ。Tシャツの背中とか紙袋に。

…ガハッハッハッハッハッハッハッハッ!!

…そしたら、サインしてやった奴のなかの1人が、ソレを『キムクォク』なんて読みやがってさ。何だか知らねえけどオレの肩をバンバン叩《たた》きながら「キムクォク！　キムクォク！」なんて叫びだすんだ。で、それを聞いた他のギャラリーたちも口々に「キムクォク！　キムクォク！」なんて叫びはじめちゃってさ。その大合唱が近くのビルの壁とかにコダマしてんだぜ…。オレ、思わずその場から走って逃げちゃったよっ。

…ブハッハッハッハッハッハッ!!　あ〜〜〜〜っ、苦しい…。ところで…プッ！　例の運転手はどうしたんだよ？

…あっ……そういえばどうしたんだろ？　オレ、ビタ一文払ってなかったけど。

…おメー、生まれて初めて暴力を使わず物事を解決したんじゃねえか？　プハッハッハッハッハッハッハッ！

………緊急異常事態勃発！　ゲッツの弟が『所長』に就任

…今回は久々にうちの弟の話なんだけどよぉ。

…どうでもいいけど今何やってんだ、おメーの弟は？

…8カ月前に某自動車会社の下請けの会社に入ってよぉ。今度はなんだか真面目にやってるみてーなんだよなぁ。で、この前のことだよ。何だか知らねえけど、本みりんを買って帰ってきやがってな。夕飯のときに「ボク、所長になっちゃった」って言うんだわ。

…初潮⁉

…はぁ？　……バカ、所長だよ、会社の所長！

…余計凄いんだよっ。何だよっ、それ⁉

…いや、弟が勤めてた会社が親会社から独立することになったんだって。そんで、支部を3つ作るから、そのなかの1つの所長になってくれって言われたらしいんだ。で、買ってきたみりんをオフクロに横柄に渡しちゃって「これはみりん風味じゃなくて本物のみりんだから。ま、これで美味《おい》しいお総菜を作ってよ…頼ンます」か何か言って、すっかり大物気取りなんだ、どうにも。

……なぁ、おメーの弟が相変わらずわけのわかんない奴だってことは確認できたけど、何でおメーの弟が所長になれるんだよ⁉ まだ勤めて8カ月目なんだろ。独立したなんて言って、実は単なるヤケになっただけなんじゃねえか、その会社。

…そうだろっ。普通そう思うよな。だから、弟は1人で喜んでんだけど、家の中が水を打ったように静かになっちゃってよぉ。所長に祭り上げられた途端、何かどエラい罪を着せられたりとか、カムチャツカ半島に飛ばされたりとか…。

…普通はそう考えて心配になるわなぁ。

…で、その翌日だよ。弟が唖然《あぜん》とした顔で帰ってきてな。その表情見たオレたちは「そらっ、言わんこっちゃない!!」って詰め寄っちゃって。そんで、弟に「何があったんだ⁉」って尋ねたんだよ。そしたら、今はトラックでも荷台の左右の両壁がガルウィングのように上げられるヤツがあるらしいんだ。けど、弟の奴、そこから荷物を下ろしてたんだって。そんで、作業を終えてトラックを車庫に入れたら、ガルウィングを閉めるのを忘れてブッ壊しちゃったんだと。しかも、車庫ごと…。

……ということはだよ。おメーの弟って、所長になって一番最初にやった仕事がソレかぁ。

…ああ。…で、その修理費がホントは３００万以上かかるんだけど、社長が「お前は一生懸命働いてくれるからロハにしてやる」って言ってくれたんだって。

……何だよ。メチャメチャいい会社じゃねえかよ。

…そうなんだよ。

…じゃあ、何でおメーの弟は唖然とした顔で帰ってきたんだよ？

…いや、弟の話には続きがあってよぉ。弟の部下に伊藤君って奴がついたらしいんだ、その日から。で、ソイツって体重が１００キロ近くあるらしいんだけどさ。

…１００キロ近いつーと、だいたいおメーぐらいのガタイなわけだな。

…いや、背が１６０しかないらしいんだわ。

…風船かっ、ソイツは。

…ところが、その伊藤君つーのが、メチャクチャ忠誠心があるらしくってな。オレの弟より４つも年上なのに、弟が所長になったその日、いきなり奴の車にワックスをかけたりしてんだって。頼みもしねえのに。

…おいおい、木下藤吉郎《きのしたとうきちろう》かよ…。

…で、弟が例の『ガルウィング車庫ブッ壊し事件』を起こして、フォークリフトを使ってその後片づけをしてたんだって。そしたら、今度は伊藤君を思いっきり後ろから轢《ひ》いちゃったらしいんだ。

…な………。

…で、伊藤君、右足のアキレス腱《けん》が切れちゃったらしくて、そのまま救急車で病院行きだって。

…さっきから黙って聞いてりゃ、兵隊ヤクザかっ、おメーの弟は！　なんか他人の弟ながら腹立ってきたわ、オレ。

…そしたらまた社長が弟のところに来て、「あのデブチン、この忙しいときにケガなんかしやがって。クビだ、クビ！」って怒鳴って帰っちゃったんだってよ。

……おい、待てよ。だって悪りィのはおメーの弟のほうじゃ……。

…だろ。だから、さすがにうちの弟もマジで恐くなっちゃったらしいんだ、今の会社。

…近いうち、社長の愛人か何かの殺害を命じられるな、おメーの弟は…。

板っちとわたくし その③
でさあオレ今小説家なワケよ
もしかしたらキミ達の事もかいちゃうかも
ふっふーん
板ちゃんすげー
やっぱ昔からびっとしてたもんなぁ
芸能人みてえー
地元無職友の会
私がライターの仕事をショーカイした事によって板っちのあほおはますますフライング。
でもそんなあほおに平気で仕事させるのが、
あれよあれよとゆう間にもう10年
白夜ダレライター
白夜書房のすごいとこ。
やっぱ小説って奥が深いね
何年かいてもちっともかききれないなぁ人間てモノが
ふぅ
だから投稿バカ文体をどうかして自分ノートだけ小説といいきるの。
どうすれば彼にわからせられるの。
この本が小説だって
毛虫だって思わねえよ

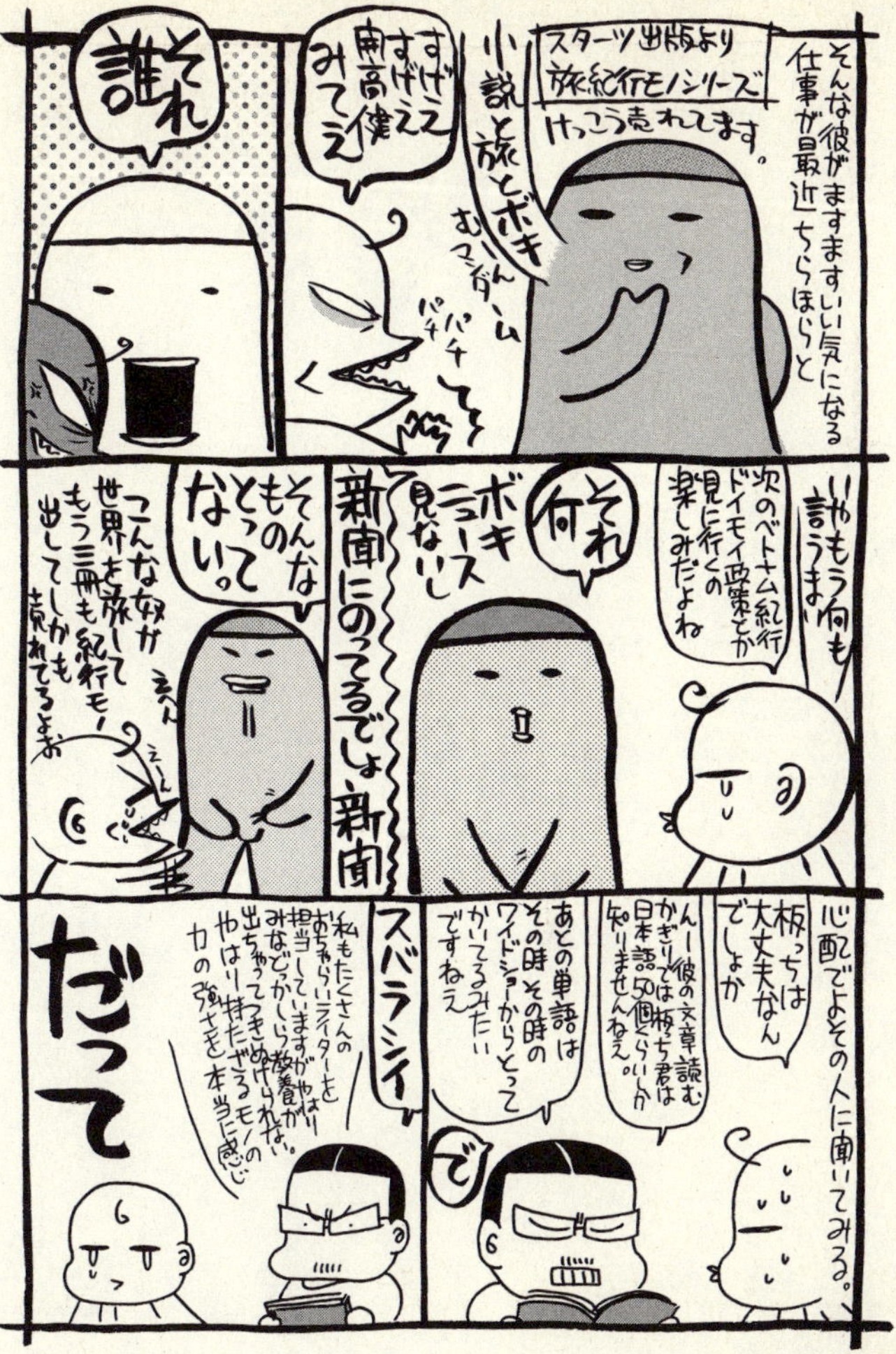
そんな彼がますますいい気になる仕事が最近ちらほらと
スターツ出版より旅紀行モノシリーズ
けっこう売れてます。
小説と旅とボキ
むーんマンダーム
パチパチパチ
すげえすげえ開高健みてえ
誰それ
いやもう何も言うまい
次のベトナム紀行ドイモイ政策とか見に行くの楽しみだよね
それ何
ボキニュース見ないし
新聞にのってるでしょ新聞
そんなものとってないっ
こんな奴が世界を旅してもう三冊も紀行モノ出してしかも売れてるよぉ
えーん
えーん
心配でよその人に聞いてみる。
板っちは大丈夫なんでしょか
んー彼の文章読むかぎりでは板っち君は日本語50個くらいしか知りませんねえ
あとの単語はその時その時のワイドショーからとってかいてるみたいですねえ
で
スバラシイ
私もたくさんのおちゃらいライターを担当していますがやはりみなどっかしら教養が出ちゃってつきぬけられない。やはり持たざるモノの力の強さを本当に感じ
だって

VS
グレート巨砲

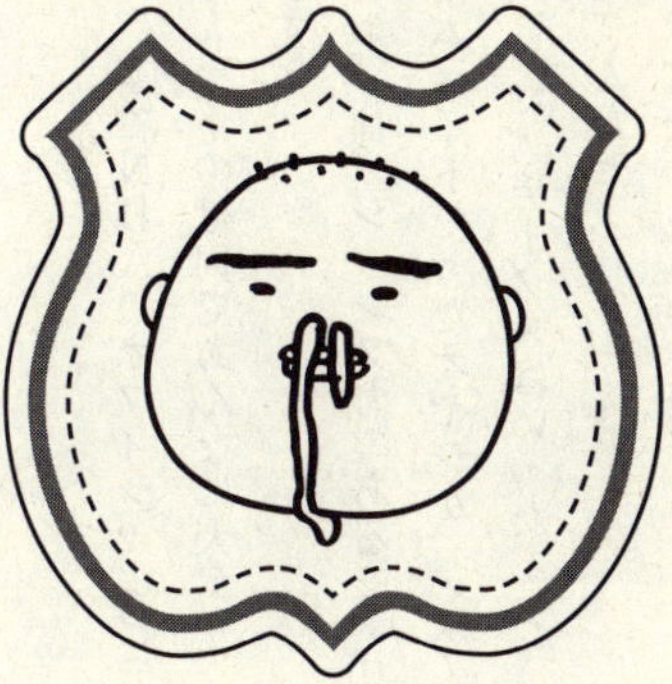

グレート巨砲◎ぐれーとおおづつ

1972年愛媛県生まれ。日ハムのプロテストに落ち、現在は「パチンコ必勝ガイド」「パチスロ必勝ガイド」等で活躍中のライター。若いのに大人のような観察眼を持ち、ブラウン管の中の芸能人を斬らせたら日本2位（1位はナンシー関）。ゲッツ板谷の後輩格に当たるが、タメロ化がビシビシ進行中。

……大ゲサ、ウソの日米対決！ はたして勝者はどっち？

…この前よぉ、家でＮＢＡのオフィシャルビデオを何本か見てたんだけど、改めて思ったな。アメリカ人つーのは何であんなに大ゲサなんだろ、表現が。

……と申しますと？

…たとえばよぉ。昔、ジャンプ力のあるモーリス・チークスっていう選手がいたんだよな。で、元チームメイトだったオヤジが、その選手のジャンプ力の凄《すご》さを尋ねられて「奴はホントに凄かった。チークスはいったんジャンプすると15秒間も空中にいられた」なんて真顔で答えてんだぜ。

…鳥じゃないですか、それじゃあ。

…で、一連のＮＢＡビデオのなかでも一番大ゲサなことを言ってんのが、元レイカーズのマジック・ジョンソンなんだよ。凄いぞ、奴のコメントは。たとえばマイケル・ジョーダンについて尋ねられると、いきなり「あれは'91シーズンのファイナル第3戦だった。

マイケルはシュートするためにジャンプすると、ボールを右手から左手に持ち替えた。そして、そのまま空中遊泳をしばらく楽しんだ後、ブロックに飛んだオレに向かって言ったんだ。（もう少しこのままでいようかな）って」…だぜ。

…月面でバスケットをしてんじゃないんですから…。

…あと、ピストンズとの壮絶なファイナルを振り返ったときなんか、「あの試合はまさに生きるか死ぬかだった。血を吐いて倒れる選手。試合中に興奮して死にそうだとコーチにアスピリンと酸素マスクを要求する選手。なかにはベンチで遺言状を書いている奴もいた」なんて、もう大ゲサというより思いっきりウソなんだ。

…あっ……ウソっていえば…。

…何だよ？

…い、いや…べ、別に何でもないっス。

…何だよっ、言いかけたんだから話せっつーの！

…いや、あの…俺、前にサイバラさんからゲッツさんは大ウソつきだって聞いたことがあるもんですから…。

…何だよ、それ……。たとえばどんなウソをついたっていうんだよっ、このオレが⁉

…あの…サイバラさんと同じクラスにヒンドラ・ウスマン君っていうインド人の浪人

生がいたんですよねぇ。

…ヒンドラ・ウスマン？……あっ、あ——、いたいたっ。武蔵野美術大学の工業デザイン科を合格した奴な。

…サイバラさんの話によると、そのヒンドラ・ウスマン君が予備校の入学式の日に、象に乗って立川駅の改札を抜けるのを見た、ってゲッツさんがみんなに言いふらしてたとか…。

…だ…だって、ホントに見たんだもん。

…象に乗って改札を抜けるのをですか⁉

………ああ。

………そうですか。

…そうですかじゃねえだろっ。あとはどんなことを聞いたんだよ⁉

…えーとぉ……あ、そうそう。その予備校のヌードデッサンの授業で、黒人女性がモデルになったときがあったんでしょ。

…えっ……ああ、そう言えば1回あったなぁ。

…で、そのモデルさんが自分をメチャクチャ上手に描いてくれたゲッツさんに感激したんですよね。それで、後でゲッツさんをトイレに呼びだして、マ○コからミニサッカーボールを出したんですよね。そして、ソレをゲッツさんにプレゼントしてくれたんでしょ。

…バカじゃねえのっ、誰がそんなこと言ってんだよ？

…だから、サイバラさんがゲッツさんに直接教えてもらったって…。

……あ、もらった！　オレ、ホントにもらったんだよ。ネバネバしてたんだよっ、そのサッカーボール。

……………そうですか。それと、ゲッツさんは芸大を受験したとき、英文の和訳ができなくて悩んでたら、向かいの校舎にいた坂本龍一《さかもとりゅういち》がそれを偶然見てて、『ネコふんじゃった』をピアノで弾いてくれたんでしょ。それで、それがヒントになって『ネコにひっかかれた』って部分を和訳できたんですよねぇ？

………それもサイバラから聞いたんか？

…ええ。

…信じられないかもしれねえけど、ホントに…。

…あの、ゲッツさん。

…何だよ…。

…ゲッツさんて昔、橋田壽賀子《はしだすがこ》一派に輪姦《まわ》されたことがあるんでしょ？

…それもサイ……そ、そうなんだよっ。軽井沢《かるいざわ》でバイトしてたら、いきなり泉《いずみ》ピン子にシンナーを吸わされてさぁ。気がついてみたら、前田吟《まえだぎん》に腕を…。

…すいません。今、俺ウソつきました…。

…な………。そんで、き…清川虹子《きよかわにじこ》にライターでチン毛を燃やされちゃってよぉ。

…まだ言うかっ、貴様は!!

……いよいよ深刻…大暴れする家政婦『秀吉』

…そういえば、ほら、例の揚げバナナ入りの雑煮ばっかり作って、勝手に人の部屋に入ってくる…え～と、何ていいましたっけ……そうそう、秀吉って名前のお手伝いはその後どうしたんですか？

……まだ通ってくるよ。

…えっ、まだ辞めさせてないんスか？　だって、その秀吉のせいでゲッツさんの弟、足首の骨を折っちゃったんでしょ。

…だって、来るたびに「もう来ないでくれ」って言ってるのに、何もなかったように平気で通ってくるんだもん。

…なんだ、そりゃあ…。でも、人の部屋に勝手に入ってきたりはしないんでしょ、もう。

…いや、相変わらずガンガン入ってくる。それどころか、最近はもっとやりたい放題になっちゃってよぉ…。この前なんか茶の間でうたた寝してたら、耳元で（ドゥ〜〜〜、ドゥ〜〜）なんて不気味な音がすんだよ。で、そのときって日テレの『あなたの知らない世界』を観た後だったから、てっきり変な霊が降りてきたと思ってビビりながら目を開けたんだ。そしたら、秀吉がオレの隣で添い寝してんだもの。

…降霊のほうがまだマシだな…。

…それからこの前、家族で朝メシ食ってたんだよ。そしたら、親父の部屋のほうから「なんじゃ、こりゃあああ〜〜〜っ!!」っていうジーパン刑事みたいな叫び声が聞こえてよぉ。慌てて声のしたほうに駆けつけたら、親父が部屋の真ん中でYシャツを持って真っ青な顔をしてるんだ。で、「どうしたんだよ!?」って尋ねたら、Yシャツの胸ポケットのところを指さすんだよ。そんで、その部分を見たら『じろう』っていう下手クソな刺繍《ししゅう》が入ってんだ。

…なんじゃ、そりゃあ!?

…で、他のシャツ全部にも、その『じろう』って文字が入っててな。後で調べたら、秀吉の10年前に死んだ亭主の名前が次郎なんだ。

………ヤバいっスね、完璧《かんぺき》に。

…で、うちの親父、そのYシャツを捨てるわけにもいかないから未《いま》だに着てるんだけ

ど、どう見ても弁当を配達する人にしか見えねえの。

…ブハッハッハッハッハッ!!

…それからよぉ。うちの弟って今、怪我して松葉杖《まつばづえ》をついてんだよな。そんで、いつの間にか秀吉がソレに般若《はんにゃ》の顔を彫りやがったんだよ。で、弟の奴、怒っちゃってさ。

…でも、ゲッツさんの弟って今でもトッポイから、そういうの好きなんじゃないの？

…確かにワンポイントぐれーなら怒らなかったかもしれねえけど、10カ所ぐらいに彫ってあんだぜ。それもよく見ると超下手クソで、どれもビックリドンキーの馬に角が生えたような顔なんだ。

…そりゃ怒るわ、弟も…。

…そんで、またまた緊急家族会議が開かれてな。これじゃあハカイダーを家に入れてるようなもんだ、ってことで、秀吉が通ってきても家の中に入れないようにしようってことになったの。そしたらよぉ、秀吉が帰らなくなっちゃったんだわ、自分の家に。

…はぁ？

…オレんちの電話が置いてある横に3畳ぐらいのスペースがあるんだけど、そこに布団とか小さな鏡台を運び込んじゃってよぉ。アパッチ砦《とりで》みたいなのを作っちゃったんだ。

…つまり、住みついちゃったんスね。

…そうなんだよ……。でな、もともとは秀吉をうちに紹介したのはバアさんの妹だろ。だからバアさんに妹の家に電話をかけさせて、秀吉を引き取ってもらおうってことになったんだよな。そんで、バアさんが連絡したら「うちには8年間住んでたんだから、今度は姉さんの番だ」なんてコカれたらしくてよ。冗談じゃねえつーの。最初からわかってて、うちにバトンタッチしてきやがったんだよっ！

…ひでえなぁ、その妹って…。

…で、秀吉がうちに住みはじめてわかったことなんだけど、秀吉って夜になると歌うんだよ…。それも演歌か何かならまだ許せんだけど、わけのわからない暗い歌ばかり口ずさみやがってよぉ。

…たとえばどんな歌なんスか？

…赤いねんねこ、黒い沼に沈んだ〜♪　とか、草モチ1つ分けてくだされ、私の病気の妹に〜♪　とか、とにかくそんなのばっか。で、とうとう夜になると誰も恐くて電話のところに行けなくなっちゃってさぁ。うちの妹なんか携帯電話買ってやんの。

…なるほど…。それで最近、ゲッツさんちに電話かけても誰も出ないんですね。

…アハハハ。これからどうなんだろ、オレんち……。

……ゲッツ板谷のお悩み何でも相談室

…ゲッツさん、実は相談に乗って欲しいことがあるんですけど…。

…金ならない。

…いや、そういうんじゃなくて…。

…女だろ。やめとけ。ようやくSEXをさせてくれたと思ったら「金を貸してくれ」って言われて、それがその女の彼氏の楽器代になっちゃうんだから。

…違うんですよ。自分が悩んでるのは…。

…アパートで動物を飼おうとすんなよ！　捨てちゃえ、そんなネコ。

…だから人の話を聞けやっ！　しかも、何も話してないうちから何でそんな具体的に答えられるんだよ！

…人妻なのか？　その『ペット・ショップ・ボーイズ』を毎日聴いてる女って？

…だからそんなことは一言も言ってねえだろっ!!

…で、何？

…実は最近、イロイロなことに対して悩んでまして、何から相談しようかな……。そうそう、先月ぐらいから3日に1度の割合で偏頭痛が…。

…医者行け。はい、次の悩みは？

…な………。それと、実は自分の弟に双子の赤ちゃんが産まれたんですけど…。

…男に子供は産めない。次！

…違いますよっ。産んだのは弟の嫁さんなんですけど、その双子の赤ちゃんの名前をまだ決めてないらしいんですよ。で、自分にその名づけ親になって欲し…。

…名前は右心房と左心室で決まりっ。はい、次！

…真面目に考えてくださいよっ。弟にとっては一生の問題なんだから！

…真面目に考えた。はいっ、次の悩み。

…………。それから、田舎の母親が最近、夜になると右目全体が真っ黒な老人が枕元に立ってる、なんて電話で言ってくるんですよ。でも、そんなことって…。

…ある。勘だけど。はい、次！

…もういいよっ!! アンタに相談した俺がバカだったよ！

…ふざけるなああああ!! さっきからおとなしく答えてりゃ、女子高生みてーなことばかりコキやがって！ そんなのは悩みのうちに入らねえっつーんだよ！ オレは確かに今は平気な顔してるよ。海でいえば凪《なぎ》だよ。鳥でいえば誰にも邪魔されないで梅の実を食べる瞬間だよ。なぜなら、大した悩みなんてねーからな。けどなぁ、今朝起きたらバアさんがトイレでチラシ寿司《ずし》を作ってて、昨夜弟に貸した車のバンパーはベッコリ凹《へこ》んでるし、枕元に置いといた5千円はなくなってるし、秀吉っていう例のお手伝いのバアさんがオレの革ジャンを洗濯機で回してるし、単行本の書き下ろしだってすでに締め切りを3カ月も過ぎてんだよっ。で、平気な顔してんだろ、オレ。つまり、オレの今朝からココに来るまでの4時間。それとおメーの一連の悩みとでは、一般的にどっちが深刻だと思うんだよっ！

……とりあえず今、言葉ないっス。

…ざまあみやがれっ！ よしっ。それなら逆にオレの相談に乗ってくれ。

…えっ、悩みなんてあるんですか、ゲッツさんに？

…悩みのデパートだよっ、オレは。

…さっきと全然話が違うだろっ！

…なんだっ、年上の者に対してその口のきき方はああああっ!! テメー、オレの地元に来たら青竜刀で真っ二つにされんぞっ、こらっ！

…立派な殺人事件じゃねえかよっ、それじゃあ！

…まぁいいや。あのな、実は真剣に悩んでることが1つだけあるんだわ。

……何ですか？

…事の起こりは半年前だよ。昔の族仲間がひょっこりオレんちを訪ねてきてな。鳩胸田（仮名）って奴なんだけどな。

…仮名なのにややこしい名前にすんなよっ。なんだよっ、ハトムネダって？

…じゃあ、CP38（仮名）って奴なんだけどな。

…ロボットか宇宙人だろっ、それじゃあ！

…じゃあ、斉藤（仮名）って奴なんだけどさ。ソイツって、10年以上も前に仙台に行ったきり地元には1度も帰ってこなかったんだよ。

…え…じゃあ、10年以上家族とも会ってないんですか、その人。

…斉藤っていうのは孤児だったんだよ…。でな、話してるうちにわかったんだけど、トラックの運転手をやってる斉藤は、どうやらその会社にいる奴らにイジメられてるらしいんだ。トラックのサイドミラーを何度も割られたり、タイムカードを捨てられちゃったりして。

……はぁ？　その斉藤さんていう人はゲッツさんとタメなんでしょ。30も半ばになって、そんなイジメにあうって…。

…あのなぁ、イジメっていうのは小・中学生だけの専売特許じゃねえんだよ。いくつになったって、どの世界にもあるんだぜ。…でな、話を聞いた限りじゃ斉藤に対するイジメって相当悪質で、しかも、しつこいんだよ。もちろん、奴も最初のうちは相手をブン殴ったりしてたらしいんだけど、そうすんと次の日には5～6人にボコボコにされるらしいんだわ。そのうえ、その後のイタズラがさらに悪質になるらしくて、あるときなんてネコの死《し》骸《がい》が運転席に放り込んであった、っていうんだから。

…ヒデーなぁ……。斉藤さんも辞めちゃえばいいのに、その会社。

…気楽だなぁ、おメーは。斉藤には嫁さんと小さな子供も2人いて、しかも、この不景気のご時世だぜ。それに斉藤はその運送会社の社長に気に入られてて、イイ給料をもらってるらしいんだわ。

…だったら、その社長に相談すればいいじゃないですか。

…そう思うだろ。ところが、イジメグループのなかの1人がその社長の甥《おい》っ子らしいんだよ。それに斉藤もプライドってもんがあるから、そんなチクるような真似はできねえらしいんだよな。学校の先生に言いつけるみたいで。

…でも、そんなこと言ってる場合じゃないですよ。…結局、その斉藤さんはゲッツさんにどうしてくれと？

…うん。ハッキリとは言わなかったんだけど、どうやら（懲らしめてくれ）ってことらしいんだよ。…でも、イジメの現場は仙台だろ。はい、わかりました…って言うわけにはいかねえじゃんか。で、斉藤はオレんちに1泊して、翌日には仙台に帰ってったんだけどよ。

…きっと、ゲッツさんだけだったんじゃないですか。斉藤さんがそんなことを打ち明けられる人って。

……まぁな。で、それから1カ月に2回ぐらい斉藤から電話がかかってくるようになっちゃってよぉ。いつも酒を飲んでるらしくて、途中で泣きだしちゃったりするんだわ…キツイって。そんで、奴の話を何度も聞いてるうちにオレ、とうとうガマンできなくなっちゃってさぁ。ソイツら半殺しにしてやんから、どっかに集めとけって言ったんだよ。

…えっ…じゃあ、仙台まで……。

…ああ。先週の土曜日だったよ。斉藤にイジメグループの奴らを会社の近くにあるっていうボーリング場に集めさせといてよ。コッチは平気で人を刺しちゃう弟を連れて、朝8時の新幹線に乗って仙台に乗り込むことになったんだわ。

…えっ、えっ、それでどうなったんスか⁉

…寝すごした…。

………………え？

…だって、セージ（弟）の野郎がオレのこと起こしてくれなかったんだも〜ん！　目覚まし係だったのに！

…結局、仙台には行かなかったんスね……。その後、斉藤さんから連絡はあったんですか？

…ない。

…じゃあ、その悩みは解決しちゃってんじゃねえかよっ！　それも『裏切り』っていう最低の手段によって!!

…裏切ったんじゃないもんっ。起きられなかっただけだもんっ！

…やかましいっ!!　今頃、斉藤さんはもっとヒドいイジメを受けてるっつーの。２度とアンタのところには電話は入らねえと思うけど！

…ということで、今は悩みなんか一つもないんだけどさ。…そろそろ帰るわ、オレ。今日は犬の散歩当番だし。

……人間じゃねえや、コイツ。

……気持ち悪いからアッチ行け！ ハムスターグループ

…なぁ、巨砲くん。君は現在、恋をしているかい？

…な、何ですか、藪《やぶ》から棒に…。

…恋をしているかい？

…別に…してないっスよ。

…この野郎。そんな地蔵のような顔して、実はオレの身体を狙ってんじゃねえだろーなぁ。

…ホモかいっ、俺は!? それもウルトラハードの！

…それにしても最近、気持ち悪りぃハムスターグループをよく見かけるんだよなぁ。

…なんスか、そのハムスターグループって？

…ほら、同じ学校や会社内でさぁ、よく男女7～8人の仲よしグループってできるじゃん。で、自然の摂理で、そのなかでカップルがビシビシ誕生しちゃってよぉ。そんで、半年もすると必ず半分ぐらいが別れちゃうだろ、決まった相手とのＳＥＸに飽きて。

…まぁ、そうっスよねぇ。

…ま、ここまでならいいんだよ。それが若者なんだから。

…ブハッハッハッ！　それが若者なんだから…プハッハッハッ！　ヤバいっスよ、ゲッツさん。…………………す、すみません。

…ところが、そういうグループの中に必ずハムスターグループっていうのが存在してよぉ。たとえば、ある女が男と別れんだろ。そんで、数週間も経たないうちに同じグループの男とつきあいはじめるんだ、平気で。もちろんフラれた男はタマんねえだろ。ちょっと前まで自分のチンポコしゃぶってた女が、今度は自分の友達のチンコをしゃぶりはじめるんだから。

…ずいぶんヤニっこい展開ですね、今回は…。

…ま、聞けや。でな、普通はよぉ、そのフラれた男はそのグループを飛び出すじゃん。そんなところにいてもしょーがねえから。ところが、ハムスターグループ化すると、その男もまたそのグループ内の、数週間前までは自分の友達のチンコをしゃぶってた別の女とつきあいはじめるんだよ。で、そんなことを数カ月単位で繰り返してやがんだ。

……そう考えると気持ち悪いっスね、確かに。

…つまり、SEXのフォークダンスをやってんだな。だから、そういうハムスターたちは最初から決めときゃいいんだ。3カ月ごとにグループ内のパートナーを順番に回転させりゃあ、1年間で4~5人の相手とソコソコ新鮮なSEXができるんだから。

…でも、いくら何でもそれじゃあ、そういう奴らだって格好つかないじゃないですか。結果的にはフォークダンスをやるんでしょうけど、そのSEXとSEXの間に…別れ↓ガッカリしているターゲットに優しい言葉をかける↓2人でバンバン会うようになる↓そしてSEX…という最低限の段階がなけりゃあねえ。

…まぁな。『傷ついた友達を慰めてるうちにイイところをバンバン発見し、ついにはソイツのことを好きになってしまった』っていう大義名分は必要だわな、いくらハムスターグループでも。…で、そういうハムスターグループの中心的存在となるのが、とにかく酒を飲むと誰とでもFUCKしてしまう女。必ず1人いるんだな、そういうクリトリスを持った女が。で、そういうクリトリスは必ずFUCKした翌日ぐらいに、グループ内の女友達に相談するんだ。「昨夜、お酒を飲んでたら急に記憶を失って、気がついたらY君とベッドの中にいて…」なんて言って、悩んだような顔しちゃって。ところが、フタを開けてみると記憶なんか全然失っちゃいねえんだよ。相手のチンポの血管の分かれ方までしっかり記憶してんだから。つまり、もともとそういう女は淫乱《いんらん》で、酒を飲むと自分に正直になるだけなんだな。

…う〜〜ん、納得。

…で、そういう女が水槽の中を定期的にかきまわしてくれるから、そのなかでケンカ、別れ、慰め、新しいパートナーとのＳＥＸ…といった要素が次々と誕生してくる。ま、つまりだ。そういうハムスターグループを形成してるような奴らは基本的に外に向かっての自信がなくて、寝転んでても手の届く箱庭でＳＥＸをしていたいんだな。たとえ自分とつきあってる相手が、数週間前まで自分の友達のチンコやマンコをナメてても。そのうえ、そのことがグループの外の奴らにさえ知れ渡ってても。

……な、何か吐き気してきました、俺。

…で、許せねえのがそういうグループが最近、オレを取り込もうとしてやがんだよ。おとなしくしてたら。

…いいじゃないっスか、みんなヤッちゃえば。

…バカ野郎っ。それじゃあオレまでハムスターになっちまうじゃねえかよ！　…ま、そういうのに誘われないためにもオレは今、ヒマさえあれば裏庭でロデオやってんだけどな。

…ウソつけいいいいっ！

……ゲッツ板谷の『ゲッツ』って何？

…今回はお互いにペンネームの由来について語り合おうぜ。

…そんなこと語り合ってどうすんだよ⁉

…はい、君は何でペンネームを『グレート巨砲』にしたの？

…話し合う余地はないんかい！

…うるせえええ‼　さっさと答えんかいっ、ガキの頃のように！

…それじゃあ堀内孝雄《ほりうちたかお》の歌だろっ！　しかも、そのギャグがわかる奴って何人いると思ってんだよっ。……自分のペンネームの由来は、レスラーのグレート・ムタと相撲取りの巨砲が好きだったから、それを組み合わせただけっスよ。

……いいなぁ～、君は楽で。2進法の世界で生きてる君が羨《うらや》ましいよ。じゃあオレなんて、トマトケチャップと千葉の九十九里浜が好きだから『ケチャップ九十九里』だぞ、君の珍奇な理屈から言えば。

…じゃあ逆に聞くけど、『ゲッツ板谷』っていうペンネームは、どこをどう捻《ひね》り出して誕生したんだよっ。何なんだっ、ゲッツって。何も考えてねえじゃねえかよ！

……一発で決まったと思うのか、ゲッツ板谷って。その陰には何万というペンネームの死《し》骸《がい》があることに何で気がつかねえんだよっ。お前という夏男は！

…人を勝手に夏男にするなっ！　じゃあ、他にどんなペンネーム考えたんスか⁉

…たとえば…板谷定食、板谷法蓮華経《ほうれんげきょう》、アグレッシブ板谷、ハッとして板谷、怪僧板谷プーチン、YES！　MY板谷、板谷自身、午後の板谷、わんぱく板谷、板谷の海岸物語、板谷プリオ、板谷！　板谷！　板谷！、ラストダンス板谷、板谷の月、板丸…。

…もういいよっ！　結局は全部に『板谷』がつくんじゃないですか。

…当たりメーだろっ。だいたいペンネームに本名がからんでねえ奴っていうのは卑怯《ひきょう》者なんだよ。自分の書いたモノに責任を取らないっていう逃げ腰がミエミエなんだっつーの。何だ、グレート巨砲って。本名の『ほ』の字もねえじゃねえかよ！

…じゃあ、あんたの前のペンネーム『金角』はどうなんだよっ。どこに本名がからんでんだよ！

…さて、じゃあゲームをやろうか。

…その前に答えろっ、俺の質問に！

…次の人にピッタリのペンネームをつけてあげてください。第1問、橋本元総理。

…は、橋本さんですか……。

…早く！

……あ、油。

…ブハッハッハッハッハッ！　『油』だってよ、ブハッハッハッハッハッ！

…じゃあ、次は俺が問題出すよっ。……土井たか子。

…SEX小町。

…あの人のドコにそんな要素があるんだよっ！　ムチャクチャ言うな！

…バカ野郎っ。理屈じゃねえんだよ、ペンネームは。はい、第2問目いきます。…松《まつ》岡修造《おかしゅうぞう》。

……フ、フレッシュボーイ。

…おメーは辞めろ、ライターを。全然面白くもねえし、漠然としたイメージを答えただけじゃねえかよ！

…はい、じゃあコチラも第2問目出します。…マラソンの宗《そう》兄弟。

…壊れたトランジスターラジオと中国の竹。

………意味は？

…だから意味なんてねえんだよ、バカタレ！　でも、このペンネームなら誰だってピンとくるだろ、宗兄弟のことだって。

…どこがピンとくるんだよ！

…はい、第3問目いきます。…水前寺《すいぜんじ》清子《きよこ》。

…えっ……。チ、チーター。

…お前はすべての指を折れっ、ワープロのキーが叩《たた》けないように！　それはニックネームだろっ、それも既成の。オレが尋ねてんのはペンネームなんだよっ。

…コッチも第3問目いきますっ。……イメルダ夫人。

…ファック太巻き。…第4問目いきます。…マラドーナ。

…切り株パッション。…コチラも第4問目出します。…ルナ・シー。

…折れやすい三角定規とクズキリたち。

…そろそろやめましょう。疲れてきた…。

…じゃあ、謝れ！

…何でアンタに謝らなくちゃいけねえんだよっ。

…オレにじゃねえ！　全国の踏切の音が恐い子供たちに謝れ！

…もうたくさんだよっ！

……バカの流しそうめん状態　20年ぶりの家族旅行

…俺、ゲッツさんのこと見直しましたよ。今年の正月、費用全部自分持ちで家族全員を温泉旅行に招待したんでしょ。

……お、おメーは何でそんなこと知ってんだよ…。

…もうアチコチで噂になってますよ。不況という放射能が鬼を足長オジさんに変えたって。…で、どこの温泉に行ったんですか？

…るせえなっ。九州だよ、九州。

…家族全員を九州にですか…。ラ・九州ですか。今どき、北島サブちゃんだってしませんよ、そんなこと。

…いちいちウルセーんだよっ、貴様は。テメーだって先週、田舎から出てきた母親を文房具屋に連れてったらしいじゃねえか。

…スケールが違うだろうがっ、スケールが！

…でも、なんだな。20年ぶりに家族旅行をして、改めてうちのキ○ガイどもの破壊力を思い知らされたぜ。いないわ、あんな家族…。

…何があったんスか?

…だって、出発直前にバアさんが飛行機が恐い、なんて急にゴネはじめたら弟の奴、純トロ吸わせちゃってんだもの。86の年寄りに…。で、バアさんオカしくなっちゃってよぉ。羽田に向かう電車の中でウンコを漏らしてんだ。

…当たりメーだよっ、86でシンナーなんか吸えば!

…で、飛行機に乗ったら今度はケンちゃん(うちの親父)だよ。全席禁煙なのに座った直後にタバコに火をつけちゃって、スチュワーデスに注意されたのはまだいいとしてだよ。離陸して20分もしないうちにビールを10杯おかわりしたかと思ったら、通路で腕立て伏せをおっ始めやがってよぉ。

…なんでそんなことするんですか…。

…いや、ケンちゃんの昔からのクセでよぉ。奴は学歴も金も地位も名誉も何もないから、自慢できるのは『年を取ってるわりには体力がある』ってことだけなんだよな。で、若い女とかが家に来たりすると必ず庭で野球の素振りをしたり、ベンチプレスを始めちゃったり、真冬なのにロシアの重量挙げが着てるような、ほら、乳首が思いっきり飛び出しちゃうタンクトップ。アレを着て、そこいらじゅうを歩きまわったりしてさぁ。

…ブハッハッハッハッ！

…要するに、30代以下の女に「お父さん、凄《すご》いパワーですね～」って言わせるためにはなんでもする男なんだわ。で、3分近くも腕立て伏せを続けて、ようやくスチュワーデスの1人がそれに気づいてさぁ。念願の「凄いパワーですね…」って声をかけてもらったまではいいんだけど、63にもなってビールをたて続けに10杯も飲んだうえ、腕立て伏せを100回以上もやってんだろ。立ち上がったら変なトランス状態になっちゃっててさ。スチュワーデスに向かって「昔は子象1頭ぐらい持ち上げるのはわけなかった。ブラジルだって知ってるし、時にはネズミだって食べちゃった！」なんて言ってんの。

…ブハッハッハッハッハッハッハッ!!　…ブハッハッハッハッハッハッ!!

…そしたら、完璧《かんぺき》にスチュワーデスがキ○ガイを見る目つきになっちゃってよぉ。引きつった笑いを浮かべながら、ズンズン後ろに下がってくんだ。

…ブッハッハ！　そりゃ逃げますよっ…ブハッハッハッ!!

…そんで、ようやく福岡に着いて、レンタカーを借りて熊本に向かったんだよな。で、2時間後には熊牧場に着いてよぉ。

…何ですか、熊牧場って？

…動物園に猿山ってあるだろ。あの猿がみんな熊になったようなところだな。でな、客が園内でエサを買って、それを投げて熊にやれるんだけどよ。そのエサセットっていうのが、食パンが5~6枚とドッグフードをデカくしたような固形物が20個ぐらい入ってて3百円なんだ。そしたら、ケンちゃんがソレを9千円分も買い込んじゃってさ（お釣りの千円は売り子のオネーちゃんにお年玉としてあげてた）。それを見たうちのオフクロが、ほら、飛行機の中の一件もあったんでついに爆発しちゃって。「アンタっ!!　そんなモノを調子に乗って30袋も買うバカがどこにいるんだあああっ!!」なんて怒鳴ったら、ケンちゃんも逆ギレしちゃってよぉ。2人でクソババアだの単細胞だのって怒鳴り合ってたら、熊たちもそれにつられて興奮しはじめちゃってさ。グォーグォーなんて香ばしい鳴き声がしたかと思ったら、噛《か》みつき合ったり引っかき合ったりして、2頭ぐらい血みどろになってんだよ。マジで。

…あ~あ~。

…そんで、弟の奴も「うはっはっはっ!　お祭りだよっ、これは!」なんて叫んじゃってよ。ケンちゃんが買った食パンをブーメランのようにして次々と投げるわ、ソレが顔面を直撃して近くにいたチビッコは泣きだすわ、うちのバアさんなんか、どさくさに紛れて食パンで鶴を折ろうとしてるし。………熊牧場始まって以来だって、強制退園を受けた一家って。

…お、追い出されたんスか…。

…ま、そんなこんなで、ようやく黒川温泉ってところに着いたんだけどな。思い出したくもないな、ココから先は。

…また何かあったんスか…？

…なぁ、お前はオレの話を聞いてたのか？

…へ…？

…いいか、自宅を出てからたった6時間の間にこんだけのことを起こしてんだよ。うちのバカ家族は。で、その家族旅行は2泊3日だよ。つまり、約72時間もキ○ガイどもが浮かれ気分で野放しになってんだよ…。ま、今さらそんなことはどうでもいいんだけど、オレが言いたいのは、この不況時に3日で90万もの大金を使ったあげく、全然楽しくなかったばかりか、自分の家族の異常性にただプルプル震えることしかできなかったオレの大バカ野郎おおおお〜〜〜〜っ!!

…ま……まぁ、そんなに自分に対して怒らなくてもいいじゃないですか。それはそれで立派な思い出作りに…。

…お前は墓石屋のセールスマンかっ!!　今年で30にもなろうという弟が夕飯の懐石料

理が一つも食べられず、途中で買ったふ菓子で腹一杯にしてるのを目の当たりにするのも『立派な思い出』になるのかあああっ!!

…いや、それは…。

…自分のバアさんが髪の毛の中に死んだジイさんの入れ歯を隠してたり、姿が見当たらなくて必死で探したら旅館の玄関の前で意味もなく横たわってたり、何度注意しても一晩じゅうリンゴをシャリシャリ食べてんのも『立派な思い出』なのかあああっ!!

……………。

…自分の親父が日本酒を一升も飲んで翌朝ションベンを漏らしたり、宿泊客が集まってる食堂のド真ん中でいきなり指立て伏せを開始したり、お茶の飲み方を注意されて本気でバアさんの首を絞めたり、途中の建材屋でなぜかレンガを2個だけ買ったり、夜中の2時にクリームシチューライスが食べたいと騒ぎだしたり、阿蘇《あそ》山の火口に入ろうとしたり、神社の鳥居にテッポウをして神主に怒られたり、道路でペシャンコになったタヌキの死骸《しがい》を剝製《はくせい》にするとか言って持ち帰ろうとしたり…って、これも『立派な思い出』になんのかあああああっ!!

…なりません、以上。

……単行本を出したらバケモノが次々と襲来

…オレさぁ、去年『タイ怪人紀行』っていう本を出したろ。

…ええ。結構売れたんでしょ、あの紀行本。自分の知り合いのなかにも5〜6人買ってた奴がいましたもん。

…いや、そしたらよぉ、去年の暮れあたりからイロイロな奴から電話がかかってくるようになっちゃってさぁ。

…仕事の依頼ですか。よっ、この売れっ子ライター！

……だったらいいんだけどよぉ。もう変なのばっかり来るんだわ。この前もティーチャーって奴から電話があって…。

…ティーチャー？

…美大受験の予備校で一緒だった奴でさぁ。図体がデカくて、顔がどことなくハーフっぽい男でな。みんなから先生、先生って呼ばれてたんだけど、外人ぽいから、ソレが英語になって『ティーチャー』ってアダ名になったんだけどさ。で、コイツがとにかくチャリンコで動きまわる男でよぉ。家が武蔵村山ってトコにあるんだけど、ソコから予備校やオレんちがある立川って、優に10キロ以上は離れてんだよな。

…つまり、予備校まで行って帰ってくるだけで20キロ以上ってことっスね。

…ああ。で、このティーチャーって野郎は、何て言うか、こう…究極のカッコつけ屋なんだよな。たとえば、予備校から帰ってきたオレが、離れの部屋でくつろいでるだろ。そうすんとドアがノックされて、開けてみるとティーチャーが立ってるんだ。で、「何だよ?」って尋ねると「今日のお前の石《せっ》膏《こう》デッサン……オレはなんか好きじゃない。それだけだ」って言って、ドアをバターンと閉めてチャリンコに乗って帰っちゃうんだわ。そんで、驚くことに奴は予備校から一度家に帰ってるんだ。で、そんな一言を告げるために、再び立川までチャリンコをこいでくるんだぜ。

…つまり、2往復だから40キロ以上こいでるんス

ティーチャーはパッと見ると
タバコの火がついていた

ね、その人…。

…ああ。そうかと思えば、ある日なんかヒマワリを持って立ってて「これ、オレんちの近くに生えてて、あんまりキレイだったから引っこ抜いてきた。…それだけだ」なんて言ったかと思うと、根のついたヒマワリを置いて帰っちゃったりさ。

…ホモっスか？ その人…。

…気持ち悪いこと言うなよ！ …ま、とにかく変な奴でよぉ。そうそう、ある夏の日の夜に予備校の奴ら10人ぐらいで河原で遊んでたんだわ。で、誰かがロケット花火を大量に買ってきちゃって、2チームに分かれてソレの撃ち合いを始めたんだよな。

…そんなことやってたんスか、予備校生にもなって…。

…でな、そのとき、オレとティーチャーは同じチームで、相手側が集中攻撃をしてきたんで慌ててバリケードにしてるドラム缶の陰に飛び込んだんだわ。そんで、パッと前を見たらティーチャーが横たわってて、背中とズボンの間からパンツが見えてたんだけど、その縁にフリルがついてんだよ。で、「おいっ、お前って女物の下着をはいてんじゃねえかよ！」って言ったら、「カアちゃんのなんだよ。…気持ちイイと思わねえかよ！」なんて言い返してきやがってさぁ。

…気持ちイイと思わねえかよ、って……。

…で、そうこうしているうちに、ティーチャーは予備校の女とつきあいはじめちゃってさぁ。ところが、1週間ぐらいでもう別れてんだ。で、奴に「何かあったのか?」って聞いたんだわ。

…じゃなかったら1週間で別れませんもんねぇ。

…そしたら、「ボーリングをしてる後ろ姿を見てたら急にいやになった」なんてコクんだ。

…はぁ…?

…で、もう少しわかりやすいように説明しろって言ったら、「ボーリングをしている女の後ろ姿って、油ゼミの死骸《しがい》に見えねえかよ」…だもの。

…完璧《かんぺき》にオカしいよ、そのティーチャーって人。

…そんで、つい先週のことだよ。ティーチャーから13年ぶりに電話があって、「今からお前んちに行っていいか」って言うんだよ。

…何か恐いっスね…。

…で、30分ぐらいしたら、今度は携帯電話で「今、時速5キロで板谷んちに向かってるから」なんて言うの。

…時速5キロ…?

…んで、しばらくしたら道路のほうからキィ〜キィ〜キィ〜！ってモノ凄《すご》い音が響いてきたんで、何だろうと思って外に出たんだよな。そしたら、フロントの部分がベッコリと凹《へこ》んだ赤い車がゆっくりとコッチに近づいてくるんだよ。そんで、オレの前まで来たら、運転席からティーチャーが出てきてさぁ。「どうしたんだよっ、この車!?」って尋ねたら、「ココに来る途中、電柱に突っ込んだ」なんて言うんだ。

…あ〜あ〜。

…で、よくよく見たら、車のボディの部分が左の前輪タイヤにメリ込んじゃってて、確かにその状態じゃ時速5キロぐらいしか出ねえんだわ。

…………。

…で、「身体のほうは何ともねえのかよ!?」って声かけたら、「あの本、面白かった。でも、天狗《てんぐ》になるな。…それだけだ」って言って、また時速5キロで遠ざかってちゃって。

…追ってやれよっ、アンタも。その車、歩くより遅いんだから！

…そうかと思ったら、次の日には『ビデちゃん』ていう昔の族仲間から電話がかかってきてな。ソイツって定時制高校の先公の腕をドスで刺しちゃって、それからズ——ッと行方不明になってた男なんだ。…で、いきなり「板谷大尉殿！御本、読ませていただきました。今から伺ってもよろしいでしょうか」なんて言うの。

…歳はタメなんでしょ？　なんで敬語使ってるんですか、その人…。

…わかんねえけど、昔からオレに対してはナゼか敬語なんだわ。そんで、電話を切ってから20分もしないうちに現れたんだけど、すっかりハゲちゃってて完璧に汚ねえオヤジになってるんだよ。んで、「お前、どうでもいいけど今までドコで何やってたんだよ⁉」って尋ねたら、「はいっ、山梨でミミズを捕っておりました！」なんて敬礼しちゃってさぁ…。まぁ、それ以上聞かないほうがいいと思って、「とにかく家に上がれよ」って言ったら、テニスラケットを2本出してくるんだよ。そんで、しょうがねえから公園でビデちゃんとテニスをすることになって。

…やるなよっ、アンタも！

…それも、ネットもないとこでピンク色のビニールボールを打ち合ってんだから、他人が見たら単なる頭のオカしい2人だっつーの。

…だから断ればいいじゃねえかよっ！

………でもよぉ、メチャクチャ楽しそうなんだよな、ビデちゃん…。ボールを追いながら、子供の

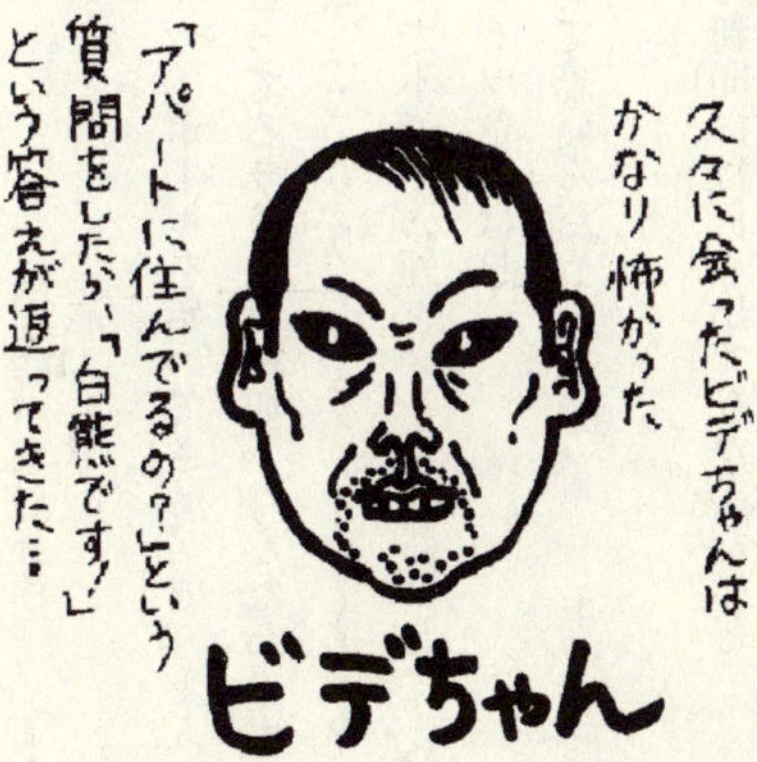

久々に会ったビデちゃんは
かなり怖かった
「アパートに住んでるの？」という
質問をしたら、「白熊です！」
という答えが返ってきた…
ビデちゃん

ように笑っちゃって。

…まぁ、そう言われちゃうと…。

…ところがだよ。そのうち、近くで小学生がキャッチボールを始めてさぁ。で、1人がボールを取り損なって、オレとビデちゃんが打ち合ってるラインを横切ったんだわ。ボールを拾うために。そしたら、いきなりビデちゃんが「ごんどりゅうううう〜〜〜っ!!」って変な叫び声を上げたと思ったら、ラケットで小学生の頭をメッタ打ちにして…。

…うえぇっ!!　…それでどうしたんですかっ、ゲッツさんは!?

…ラケット放り出して逃げてきちゃった…。だって恐いんだもん。

…助けてやれよっ、その小学生を!

…なぁ、あの小学生死んでねえかなぁ…。翌日の新聞には何も出てなかったけど…。

…知るかっ!　ロクなことがないんだから、アンタはもう本を書くなっ!!

…ところが、この連載も本になっちゃうんだわ…。なぁ、これが出版されたら今度はどんなモンスターが攻めてくるんだろ……。

追伸:この5日後、オレんちに1本の電話が入った。内容は以下の通りである。

「ゲッツ……板谷くん？」

「へっ？　そうだけど、どちらさん…」

「♪大空かけーめぐるぅ～ぅ…チンチョンパンチョンチンチョン…チラララ、ドゥドゥン！」

「…なぁ、誰？」

「本、読みました～。タイのことが書いてあるヤツ。立ち読みだけど。……大変だったのォ～」

「…………」

「忙しいから切るね。ガンバンビ～～～～」

――ガチャ
マジな話、そろそろ電話番号を変えたほうがいいな…。

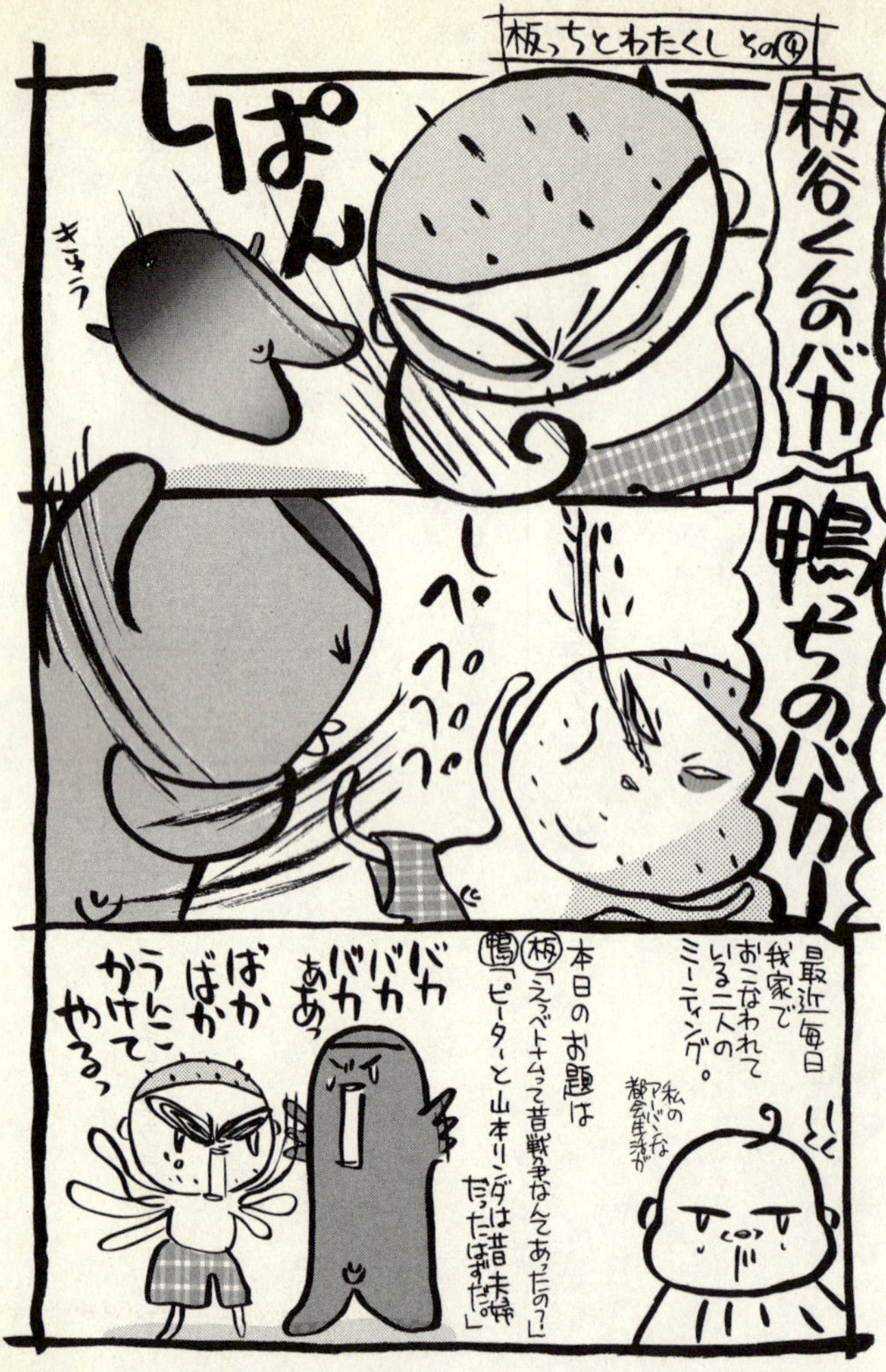
板っちとわたくし その④
板谷くんのバカ
しぱん
キョラ
鴨ちのバカ!
しぺぺぺぺ
最近毎日我家でおこなわれている二人のミーティング。
しくく
私のアーバンな都会生活が
本日のお題は
板「えっベトナムって昔戦争なんてあったの?」
鴨「ピーターと山本リンダは昔夫婦だったはずだ」
バカバカあぁっ
ばかばかうんこかけてやるっ

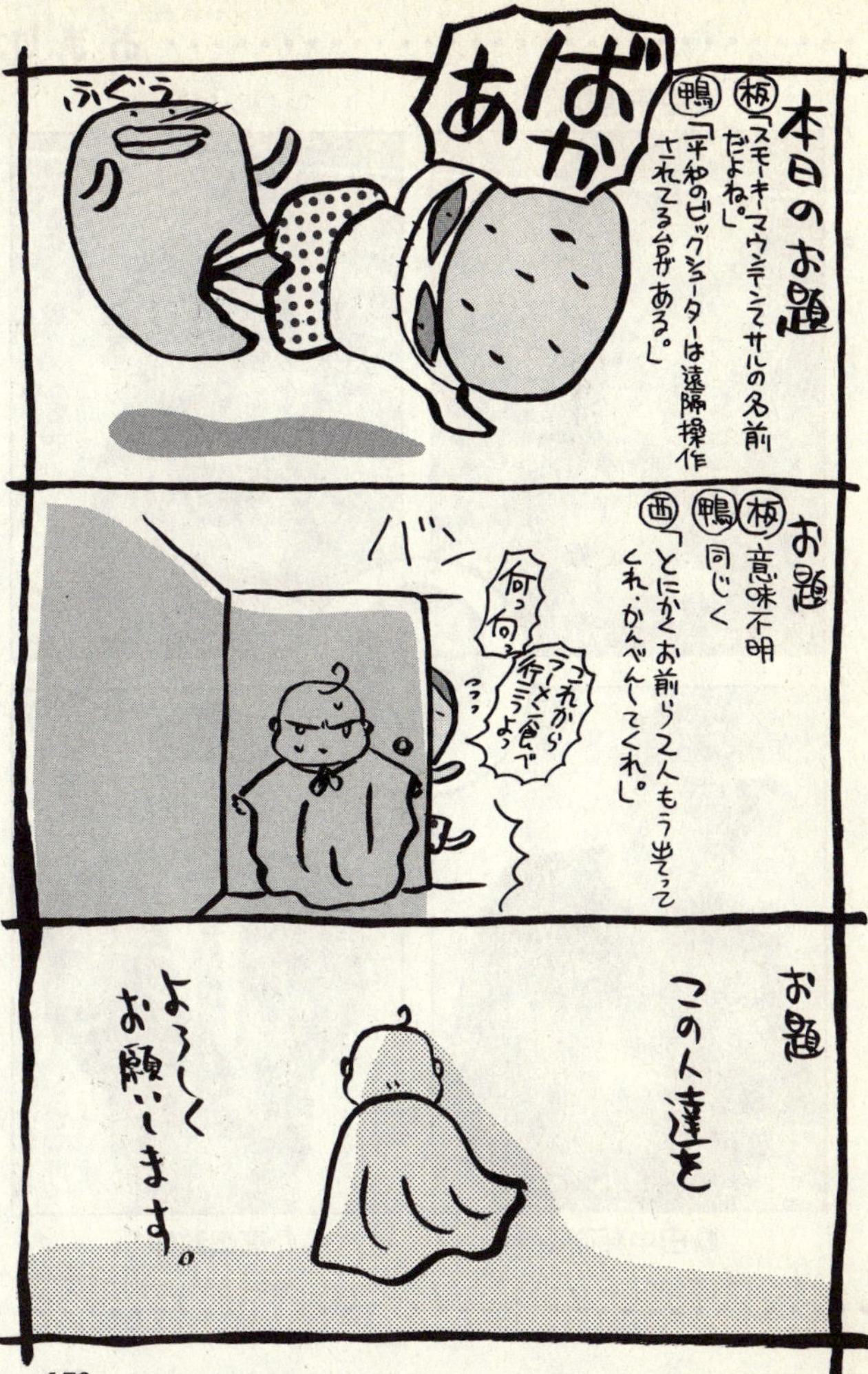

本日のお題
板「スモーキーマウンテンてサルの名前だよね。」
鴨「平和のビックシューターは遠隔操作されてる台がある。」
ばかあ
ふぐぅ
お題
板 意味不明
鴨 同じく
西「とにかくお前ら2人もう出てってくれ・かんべんしてくれ。」
バン
何っ何っ
これからラーメン食べに行こうよっ
お題
この人達を
よろしくお願いします。

◎金子信雄◎

◎シピン◎

◎田中邦衛◎

◎高嶋政伸◎

◎宍戸錠◎

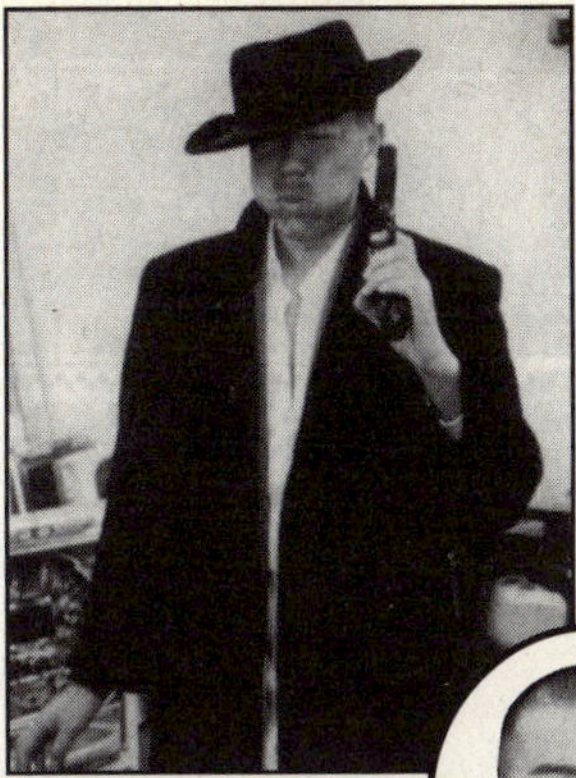

◎生島ヒロシ◎

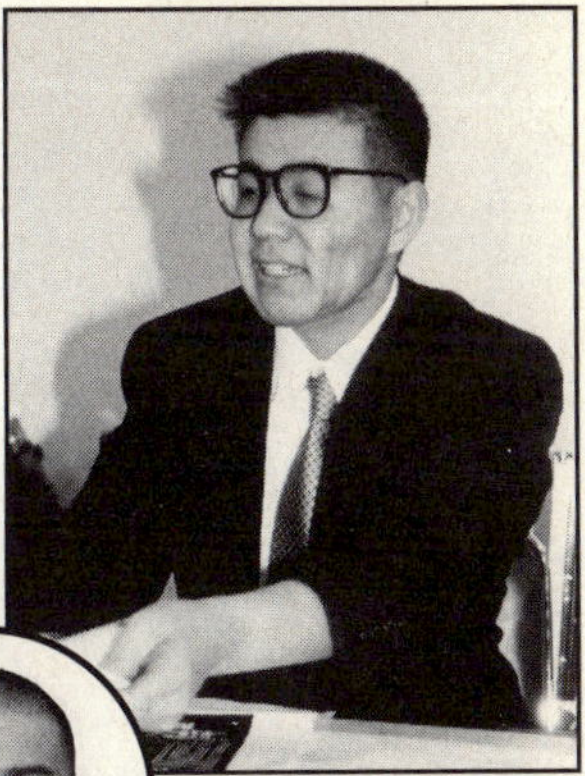

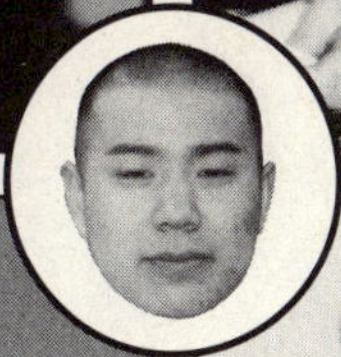

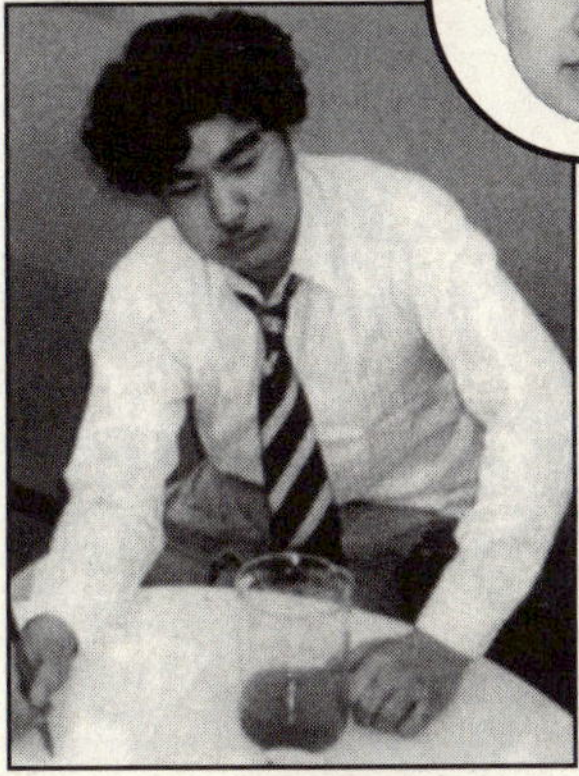

◎野口英世◎

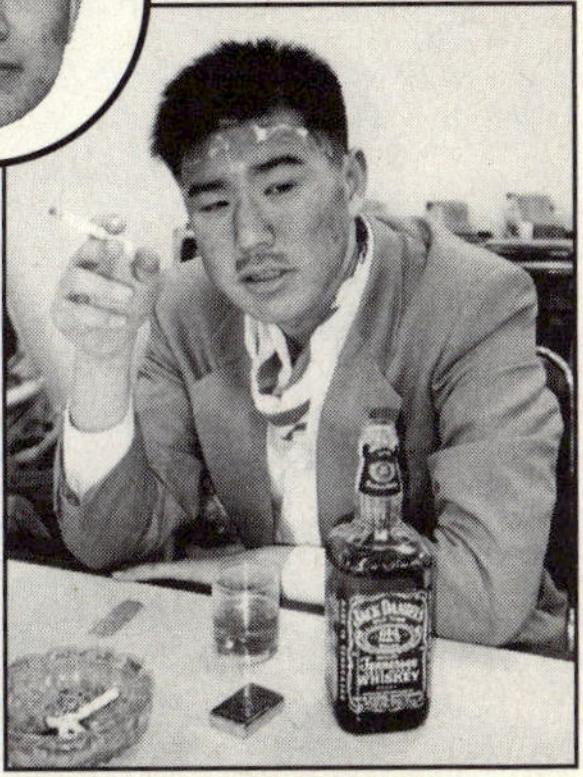

◎北方謙三◎

グレート巨砲のがむしゃら有名人

◎SAM◎ ◎タイガー・ウッズ◎

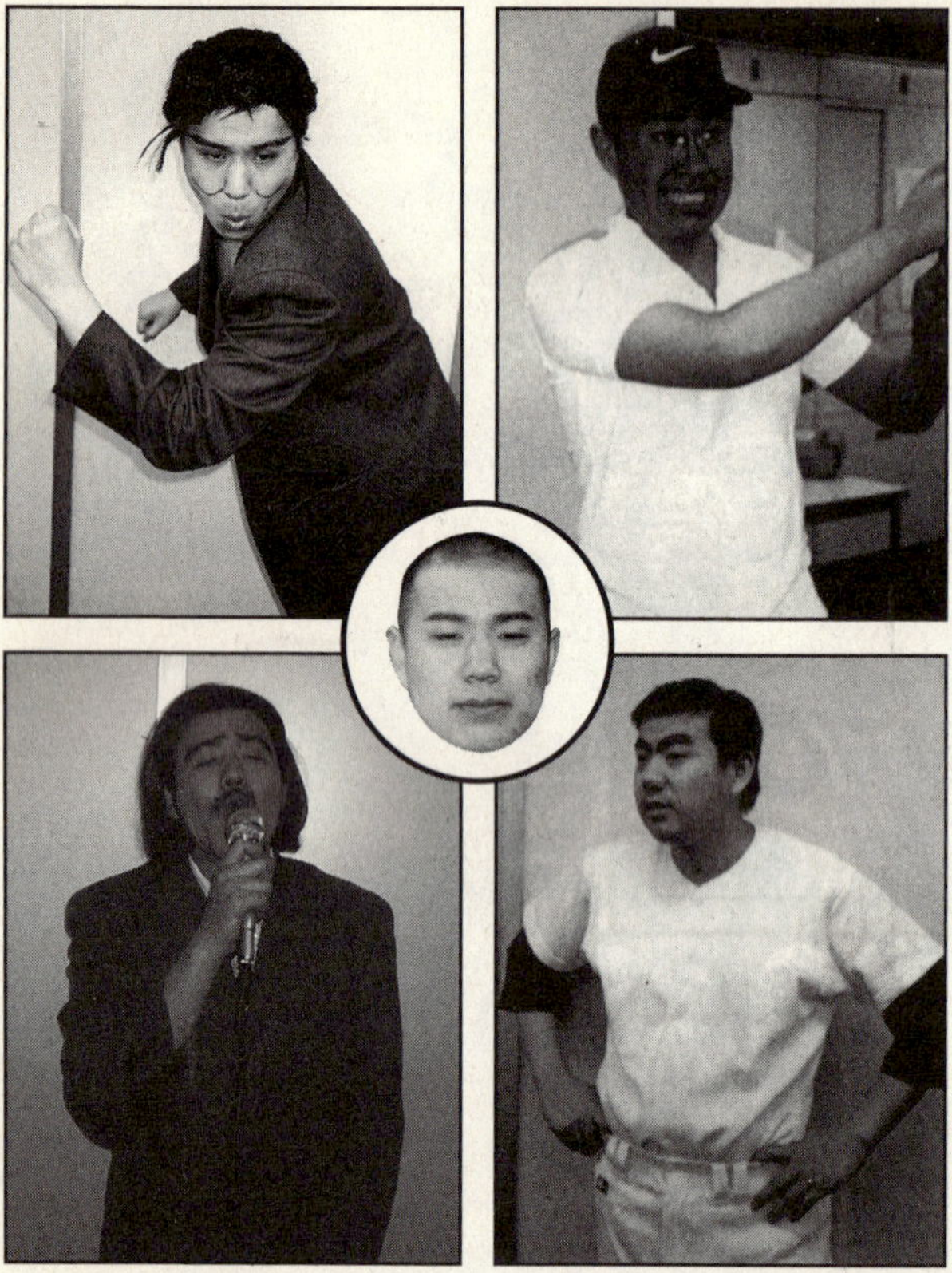

◎宮史郎◎ ◎武上四郎◎

◎村山実◎　◎T.M.Revolution◎

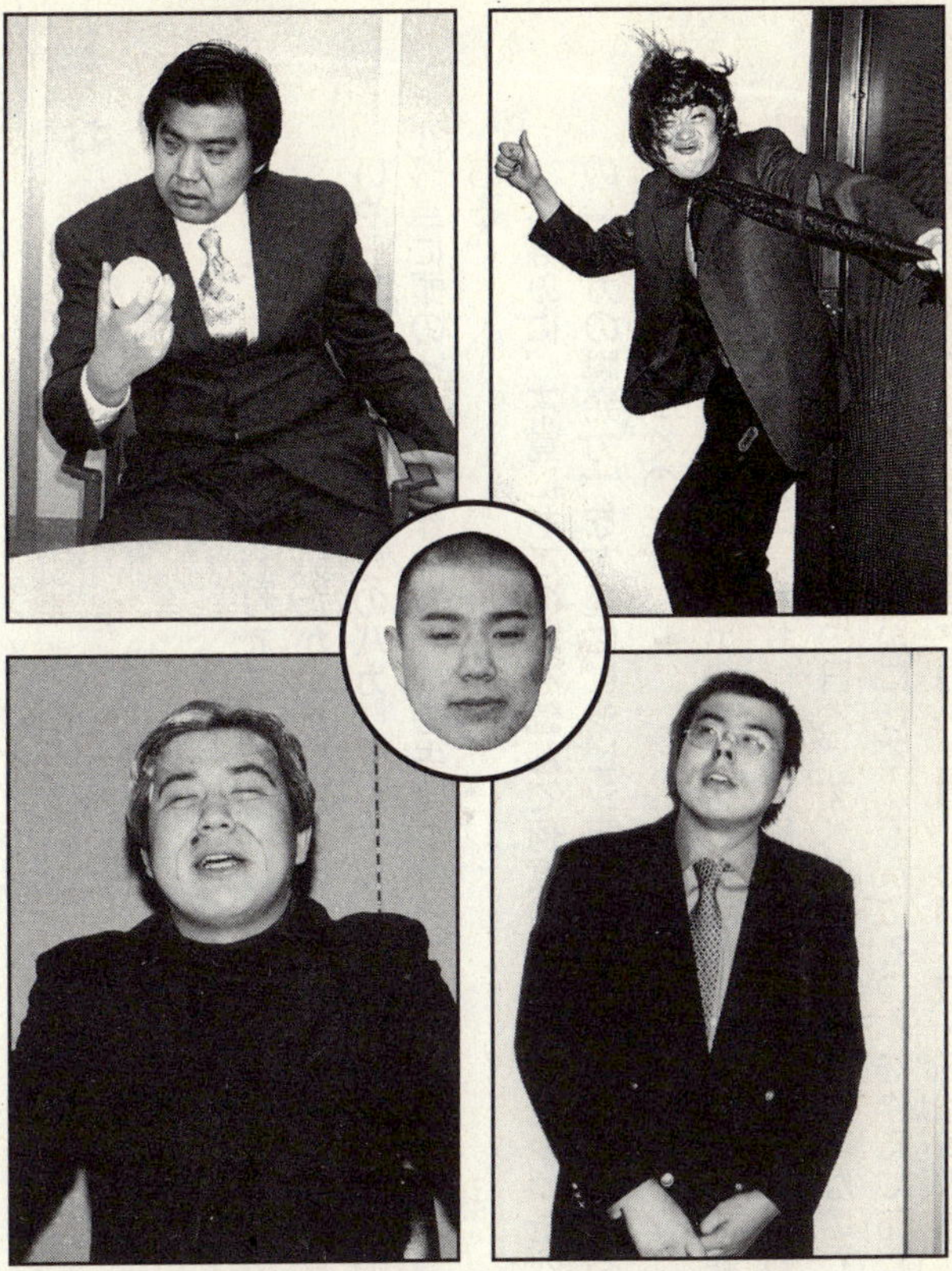

◎小沢昭一◎　◎小堺一機◎

……おわりに

さて、あと2分で終わりです。

結局、オレは何が言いたかったのかというと、普段は社会の片隅に追いやられている筋金入りのバカ。そんな奴らが瞬発的に出す力の前では、適当に頭のイイ奴が作った既成のギャグなど無に等しい…ということである。

ちなみに、不覚にもこの本を読んで何度も吹き出しちゃった奴は、この『バカの瞬発力』を友達にビシビシ宣伝して欲しい。そうすると次のような特典がつくのだ。

オレが今までに書いたバカの報告書、今回はそのごく一部を紹介しただけなので、ソコソコ売れればスグに続編が飛び出てくるという寸法である。ココは資本主義国家の日本。すべては売り上げ次第なのだ。

ま、薄汚い話はこのぐらいにして、最後にこの本を作るにあたって力を貸してくれた人々。彼らにお礼を言いたい。故・三《み》船《ふね》敏郎《としろう》風に。

「えー、まずは……ソコっ！　前から2列目の若作りっ。人が話をするときは口を閉じろっ‼　……えー、まずは、落書き…じゃなかった、マンガやイラストを描いてくれた美術のサイバラ君。ありがとう！　うんっ。そこに居たか、よし！　…それから、こんな無粋者の話し相手になってくれた銀角と巨砲の両名。ありがとう！　そして、えー、解説（単行本時）を書いてくれた敬愛なる末井君。誠にありがとう！　またスカートはいとる……。それから、デザインをしてくれ……おいっ、その唐変木！　オレが注意したことがわからんのかっ。人の発言中に無駄話をするバカがどこにいるっ！　貴様のやっていることはダニ以下だっ‼　………えー、デザインをしてくれた方。二見書房の方々。アナタたちには心から感謝の言葉を贈りたい。えー、そして、こんなギャンブルを打つ決心をしてくれた担当の岡田君。君には何とお礼を言ったらいいのかわからない。もし、この映画…じゃなかった、本がコケたら一緒に腹を切ろう！　侍は　馬から降りて　男なり。…どーも、三船でした」
……オレ、最後にヤッちゃった？

ゲッツ板谷

巻末ごくつぶし対談

ゲッツ&サイバラの

その後の瞬発力

◎モンスター編集者のその後

…この本が単行本として発売されてから、3年半も経つんだよなぁ〜。

…放置されてたんだよね、3年半も。汚いもののように。

…この本で人気があったのは、バカ編集の話ね。それでバカ編集者のその後っていうのがあってさ、バカ龍っていたべ。

…彼、どうなった? まばたきと同じぐらいのペースでウソをつくコだったよね。

…奴は白夜書房をクビになった後、大阪で99円ショップの店長になったらしいんだけどさ。

…それもウソ。

…そうしたら、向こうでも万歩計のようにウソついちゃって。大阪にいられなくなって、また東京に戻ってきたんだって。そんで、たまたまオレの友達がインターネットの某チャットページを見てたら、オレのことが話題になってたらしくてさ。したら突然、「いやー、ゲッツさんは怒るとマジ恐いっスよ。以前、編集者を2階の窓から蹴《け》り落とそうとしてたからね」なんてわかったようなことを打ってくる奴が出てきたんだって。んで、そのページはしばらくソイツの独壇場になったらしいんだけど、そのうちチャットの相手の1人が「お前、ひょっとしてバカ龍じゃねえの？」とか打ったら、ソイツからのチャットが急に止まっちゃったらしくてさ（笑）。

…プハッハッハッ、悲しい男だなぁ。ちなみに、「パチンコ必勝ガイド」の現編集長オオサキくんって知ってる？

…ああ、知ってるよ。入社当時から（コイツはできる！）って言われてたよな。

…ところが、そんな優秀なオオサキくんがバカ龍の後輩なんだよ。年齢、能力、役職…すべてが上なのに、入社時期だけはバカ龍の方が早い。で、バカ龍って、ゴミ溜《た》めみたいな存在じゃない。でもさ、オオサキくんの先輩だっていうのが誇りらしくて、昔私が「必勝ガイド」の編集部に行ったら、私の前で用もないのにわざと、「おーい、オオサキ！」って言うんだよ。でも、オオサキくんは人間ができてるから、「はい、なんでしょう、龍さん」って言うんだよね。あれがさ、なんか、悲しくってさ。あいつのバカさと、オオサキくんの大人さっていうのを見てて、やっぱり人の上に立つ人は違うと思ったよね。椅子からちゃんと立って、「はい、なんでしょう、龍さん」って言うんだよ。板谷くんがバカ龍に「おーい、板谷！」って言われたらどうする？

…首筋にパイナップルジュースを1リットルぐらい注射してやるよ（笑）。で、まぁ、バカ龍の話はこれぐらいにして次はハックのその後でさぁ。奴もやっぱり白夜書房をクビになって、それで、オレなんかとインドに行ったりしたんだけどさ。その後、いろいろあって引きこもりになっちゃって。それで今、ようやく立ち直ってコンピュータ会社で働いてるんだけど、「どうしても彼女ができないんですよ」っていうんでオレのホームページ(「ゲッツ板谷 web」http://members.jcom.home.ne.jp/g-web/)で奴の彼女を募集したんだよね。そしたら、まあいい子が来たんだよ。でさ、ハックってさ、今まできったないワンルームのアパートに暮らしてて、女とも手をつないだこともなければ、風俗で1回か2回、そういうことをしたぐらいで、ほんと、素人童貞だったんだよ。

ところが、その彼女がけっこうハックのことを好きになったらしくてさ。4回目ぐらいのデートの時に、ハックのところに初めて泊まったんだよ。で、翌日、状況を聞こうと思ってハックに電話して「今からオレんちの近くのファミレスに来い」って呼び出したのよ。そしたらさ、喜び通り越して、顔がトランス状態なんだよ(笑)。目なんか完全にイッちゃってて、ジェフリー・ダーマーみたいな人相になっててさ。しかも、注文したクリームシチューをスプーンじゃなくて素手で直接しゃくって飲んじゃってんだもの。

…今その女の子をハックから取り上げたら面白いだろうね(笑)。だってさ、タイとかインドに旅行して、それで自分に凄《すご》い自信を持って、こともあろうに、南アフリカに1

人で行っちゃったんでしょ、ハックは。そんで、ホテルから一歩外に出たら、はがい締めにされてさ。それでパスポートも、リュックも、トラベラーズチェックも全財産取られたじゃない。そのアフリカ人の強盗団はもうお祭りだよ、そんなおいしいエサが泳いでるんだもん。それで旅やめちゃったんでしょ。

…やめちゃった、そうそう（笑）。

…本当はもっと行かなきゃいけないんだよ、男の子だからさ。で、「その時、抵抗はしたんですけど」って言うけどさ、その抵抗の仕方っていうのは、たぶん本宮ひろ志のマンガの抵抗の仕方じゃないんだよね。乙女の「イヤイヤっ」って感じで、あっと言う間に全部剥《は》がされてさ。アフリカ人にとっちゃ、黒マグロ獲《と》ったみたいなもんだよね。真っ白な日本のパスポートなんて、いくらで売れるかわかったもんじゃないよ。

…プハッハッ、黒マグロ。

…そいつらはいまだに酒飲んじゃ言ってるよね、「あれはオイシかった」って（笑）。で、そこでまた旅行に行かなくちゃいけないのが男の子なんだけど。編集の仕事みたいに、また途中でやめちゃって。「こん畜生っ！」とはいかずに引きこもっちゃって、今度は恋だから。今度の恋も、やっぱり実は失敗して欲しいね、どんどん。だってそうしないと、強くならないよ。

◎実はもう1人いた、モンスター編集者

…でさぁ、この本には書かなかったんだけど、白夜書房にはモンスター編集者がもう1人いてね。そいつは「パチンコ必勝ガイド」の編集じゃなくて、別の雑誌の編集者なんだけどさ。

…別の雑誌って、どんな雑誌なの？

…社交ダンスの専門誌。

…もう、その時点で笑えるわ（笑）。

…で、名前は……なんか、とても傷つきやすい性格をしてるみたいだから、仮に「加東」としとくけどさ。とにかく、そいつは紳士然としてて、歳もオレと同じぐらいで、いかにも真面目そうな男なんだよ。で、どこからかオレが自分と同じ立川に住んでるってことを聞きつけたらしくてさ。ある日、「必勝ガイド」の編集部で打ち合わせが終わってボ──っとしてたら、背後から「あの……」なんて恐る恐る声が掛かるんだよ。で、振り向いたら、その加東くんが立っててさ。「立川にお住まいだと聞きましたが……」なんて訊《き》いてきたから、「ああ、そうっスよ」って答えたんだよな。で、続いて「立川に素敵なレ

ストランができましたから、どうでしょう、今度一緒にお食事でも?」なんて言うから、「えっ、なんて名前のレストランなんスか?」って訊いたんだよ。そしたら、「ガストっていうんですけど」って答えが返ってきてさ…。

…あんた、完全にナメられてるじゃん(笑)。

…いや、真顔で言ってんだよ、そんなことを。で、また何日かして「必勝ガイド」の編集部に行ったら、また背後から「あの……」って声が掛かってさ。今度は「板谷さんて、バスケカードを集めてらっしゃるんですよね?」なんて訊いてくるの、加東くんが。

…板谷くんて、マイケル・ジョーダンのカードとか何万枚も持ってて、それで800万円も遣っちゃったんでしょ。大バカタレだよね。

…まっ、その話は置いといて…。でね、加東くんに「ええ、集めてますけど」って言ったら、「ボク、この前バスケカードを手に入れたんですけど、要らないから板谷さんに差し上げようと思って…」って言いながら真顔で差し出してきたのが漫画の『スラムダンク』のカード……。

…プハッハッハッ! だから、あんたはナメられてんだよっ。

…で、一番ビックリしたのが今から半年ぐらい前かなぁ〜。加東くんからいきなりウチに電話が掛かってきて、「あの、原稿をお願いしたいんですけど…」なんて言ってくるんだよ。

…社交ダンスの雑誌で板谷くんが何を書くんだよ（笑）。

…だろ？ で、その場で断わろうと思ったんだけどさ。翌日、たまたま白夜書房の近くで打ち合わせする予定が入ってたから、魔が差して「じゃあ明日、昼飯でも一緒に食いますか」って言っちゃったんだよ。んで、加東くんと白夜書房の前で待ち合わせをして、「洋食、和食、中華……どれが一番お好みなんですか？」なんて訊かれながら2人で道をポクポク歩いてたんだよ。そしたら、加東くんが「あっ、ちょっと失礼」って言って突然立ち止まったかと思ったら、いきなり近くの電柱に向かってゲロをドバドバって吐きやがってさ。

…………。

…で、さらに凄いのが、その後、真っ昼間にゲロを突然吐いたことに対してのフォローや説明も一切しねえで、何事もなかったかのように再びポクポク歩き出しながら「パスタはお好きですか？」なんて訊いてきやがってさぁ。

…プハッハッハッハッ！ 完全に壊れてるわ、そいつ。

…で、結局はファミレスに入ってさ。「何について書けばいいんスか？」って訊いたら、「……それはまだ考えてません。でも、板谷さんてある意味、残留思念だと思うんですよ…」なんて答えが返ってきちゃって。トイレに行くふりして、そのままファミレスから脱出した。急に怖くなっちゃって。

…だから、ガストって言った時点で相手にしちゃダメだよっ、そういうモンスターは(笑)。

◎その後のケンちゃんとセージ

…で、どうなのよ、最近の板谷家は?

…相変わらずメチャクチャ祭りだね。ケンちゃん(親父)は体力と時間は有り余ってんだけど金がねえからさ。ほら、自分が火事で全焼させちゃった母屋。あそこが今、空き地になってるべ。で、ひとりで木を移し替えたりしてんだけど、月火水木金土日って、同じ木が1日ごとに違うところに植わってるんだよ。そんで、近所の人が「板谷さんちの木が歩いてる!」って騒ぎ出しちゃってさ。

…プハッハッハッハッ!!

…で、それ以外にもケンちゃんは、空き地に急にチューリップを植えてチューリップ畑を作ったと思ったら、次の日には自らその畑を全滅させて、今度は大きなゴミ穴を掘ったりしてさ。つまり、やってることは独りピンポンパンなんだよ。

…ケンちゃんがボケちゃったらどうする？

…いや、もうボケてるようなもんだけど…。

…だってすっごい長生きするよ、身体は丈夫だし。

…頭がイカれてんのに身体は丈夫、っていうのが一番始末におえないよな（笑）。

…毎日おむつを外して、「ウナギ食いたい」って言いながら、あっちこっちに現れるかも知れないね。家族で面倒見られるっていったら、板谷くんしかいないじゃない。

…俺しかいないだろうね。俺がぶん殴って（笑）。

…それは面倒見るって言わないんだよっ。

…で、弟のセージも最近真面目に働いてるかなぁ～と思うと、やっぱ急におかしいことをやり始めるからね。この前、うちに変な荷物が届いたんだよ。ものすごいでかいんだよ、トラックで運ばれてきて。何かなと思ったらカヌーなんだ。

…多摩《たま》川《がわ》を下ろうと思ったのかな？

…うん、なんか「カヌーで遊びたくなった」とか言ってさ。「友達から6万で買った」とか言ってて。だけど、そんなでかいから、家の中にしまっておけないじゃない。それで外に雨ざらしにしといたらさ、すぐにケンちゃんの道具置場になっちゃってさ。トンカチだとかノコギリだとか、全部その中に入れちゃって。そうかと思ったら、近所の猫がその中で子供を生んじゃったりしてさ。

…この間、板谷くんのHPの日記で読んだんだけど、セージくんの嫁とケンちゃんが……。

…はいはい、あの話ね（笑）。

セージが月に1回か2回、うちの近くの日野橋《ひのばし》っていう橋を28トンのトレーラーで通過するの。それで、セージが通過する15分ぐらい前に自分の嫁のケータイに電話するんだよ。「もう少しで通るからね」って。そうするとセージの嫁が、うちの親父に声をかけて、ふたりで日野橋に立ってトラックの運転席にいるセージにワーッて手を振ると、奴も嬉《うれ》しそうに振り返してるっていう話なんだよ。まぁ、セージは自分の唯一の晴れ姿を見せてえんだろうな。

…あの話は涙が出たよ、いい話だね。板谷くんちのいい部分というか、集約してるよね、あれは。小津映画みたいだもの。でも、セージくんの嫁って私服で見たら、どこのズベ公かってぐらいの、ヒッピーとズベが合わさっているような娘《こ》なんだよね。「なんだ、この派閥は」っていうぐらいの。でもさ、やっぱり家庭的な娘で、ケンちゃんと一緒に、そうやって旦那《だんな》さんを見に行くんだよね。なんかその、優しさと頭のユルさが、またちょうどいいでしょ。私らと会っても、本当にすまなそうに後ろの方で、チョコンとニコニコしてるんだよね。あの笑顔なんか見ると、本当に悪い娘じゃないよね。ただ貧乏なだけだと思うんだよね（笑）。だから板谷くんちも、ただ貧乏なだけだったんだよね。なんかひとつ、武道でもやってりゃよかったんだよ（笑）。今になって、「早期教育」って大事だと思う、私は（笑）。

◎死んでもギャグにされる板谷家

…で、年明け早々ケンちゃんの弟の、ブカのおじさんが亡くなってさ。犬の散歩中に、ポックリ逝っちゃって。そんで、4日後に火葬をした時なんだけどさ。ブカのおじさんって、カナダの木こりのようにデカい人だったから、火葬場で焼いたら、骨が半分も骨壺《こつつぼ》に入らなかったんだって、多すぎて。そしたら、ケンちゃんが「余った骨をソバ粉に混ぜて、それでブカが大好きだった二八ソバを打って、みんなで食おう」って提案したらしくてさ。でも、いくら血縁者だって、そんなジャンクな代物を食おうって奴はいないっつーの（笑）。

…私の父が死んだ時なんかはさ。お棺に入れる時って、やっぱり一番いい背広を着せたりするじゃん。そうしたら、うちのおかあさんが、カツラかぶせちゃってさ（笑）。父さんって、いつもおしゃれの時はかつらをかぶってて、おしゃれじゃない時はかぶらなかったんだよね。で、私の旦那のカモにその話をしたらさ、「お前のお父さん、最後までウソつかされたのか」だって（笑）。

…プハッハッハッ、最後の最後まで。いや、だけど、うちのジイさんが死んだ時も笑ったな。病院からジイさんを車でウチに運んでさ。そんで、車からケンちゃんとオレとセージの3人でジイさんを抱えて家の中に入れようとしたら、頭部を持ってたセージが集中力がないから突然手を離しちゃってさ。そしたら、ジイさんの頭が入口のコンクリートのところにボカッ！と落ちちゃってよ。で、セージに「テメー、なにやってんだよおおっ!!」って怒鳴ったら、奴が「アーッ！」とか驚いて、「ウチのジイさん、死んでもタンコブを作ってるっ!!」って。見たらホントに額の脇がプーッとか膨らんできちゃってさ（笑）。

…生きてたんじゃないの？（笑）

…で、その晩、親戚《しんせき》なんかが帰ってから、奥の部屋に寝かされているジイさんをケンちゃんとオレとセージで囲んでさ。珍しく、しんみりとジイさんの思い出話なんかを喋《しゃべ》ってたんだよ。したら、セージが灰皿が1個しかないのにソレを自分のヒザ元に置いてるから、「お前、少し考えろよ。ちゃんと真ん中に置けよ、この野郎」って注意したんだよ。そんで、少しして正面見たら、死んでるジイさんの額の上に灰皿が置いてあって、セージがソレに灰落としててさ。しかも、ケンちゃんまでスタンダードな表情でソレに灰を落としてるんだよ…。どうしようもないね、本当にうちは。あれじゃウチのジイさんも浮かばれないっつーの。

…いや、いいギャグだね、それ。だから、いいとこあるじゃんさ、板谷家って。人の悪口言ったり、ズルしたりとか、怠けたりとか、そういうの全然ないからさ。一番心配なのは、板谷くんが早死にしちゃって、セージくんとかが騙《だま》されて、金とか財産を取られちゃったりすることだよね。板谷くん、高尾《たかお》山《さん》にも登れないんだから（笑）。

◎200メートルで高山病!?

…ああ、サイバラがやってる「SPA!」の連載「できるかな」で、高尾山に登ったんだよね。あの高尾山はね、「自分の身体がこんなにダメになってるのか!?」っていうのを思い知らされたね。惨敗だね。

…あんな赤っ恥はないね、男として。

…だって2年前まで、ミャンマーで山に登っても、(オレ、サイバラにだけには絶対に勝てる!)って自信があったんだけどさ。

…あの時は私に勝ってたもんね。最後の最後になって踏ん張りがきいたもんね。

…だから高尾山でも、最初はけっこう苦しむけど、途中でちゃんとターボエンジンがかかってきて、登れるわとか思ってたんだけど。200メートルぐらいの高さだよね、高山病にかかったみたくなっちゃってさ。なんか、「これ以上登ったら、オレ、死ぬな」っていうのが、直感でわかってさ。

…200メートルで高山病(笑)。40歳代で死ぬ確率、50パーセントぐらいだと思うよ、板谷くんの場合。そんなだけだらしなく太って、相変わらずそんな強いタバコをパカパカ喫ってるし。

…いや、今このタバコを買うと1箱に1個、ミニ灰皿が付いてるからさ…。

…ミニ灰皿と自分の命と、どっちが大切なんだよっ!

…いや、でも、ホントにあの高尾山に登る企画の時は恥ずかしかった。だって、200メートルの高さでオレだけリタイヤしたじゃん。で、こちとらよろけながら下山してんのに、途中で5歳ぐらいの双子のガキとか文庫本を読みながら登ってるオバちゃんなんかとバンバンすれ違っちゃってさ。で、リフトで山頂に上がろうと思ったら、その乗り場までの階段が50段ぐらいあるんだよ。んで、それさえも途中で休み休み登ってたら、いましたよ、やっとオレと同じレベルの奴らが。

…そんなダメな奴がいたのかよ(笑)。

…50代ぐらいの俗世間の垢《あか》にまみれたような夫婦がさ、そのリフト乗り場までの階段を窒息寸前のヘラブナのような顔して登ってんだよ。で、情けねえ奴らだと思ってさ。そんで、リフトで山頂に着いたら、そこに茶店みたいなのがあってさ。オレがカキ氷を食ってたら、その夫婦が隣のテーブルで日本酒を飲み始めやがってよ。お前ら、戦わずしてリフトに乗って、その上、真っ昼間から夫婦で酒飲んで、なんのために高尾山まで来たんだと。…とまぁ、そんなことを考えてたら丈くらべならぬ、ダメくらべで、この腐れ夫婦にだけは勝っちゃったぁ〜と思ってむしょうに嬉しくなっちゃってさ。

…次元が低過ぎるんだよっ。

…しかも、その夫婦、日本酒を2合ぐらい飲んだら、さっさと下りのリフトに乗って下山しやがってさ。お前ら、山の景色ぐらい見ていけとっ。鳥の声ぐらい聴けとっ。新鮮な空気ぐらい吸っとけとっ。

…ダメだ、相変わらず板谷くんは自分の下しか見ようとしてない…。

◎20年間つき続けてきたウソを遂に白状!

…ところで、白夜の編集の女の子とは何人ぐらいヤッたの?

…な…なんだよっ、ヤブから棒に。ヤッてませんよっ!

…編集局長の末井さんがね、「僕は白夜の女の子とは、けっこうヤッてますよ」って言ってたのよ。それで、「会社では2回しました」とかね。「しかも机の上で」とか。あの人がトップだからね、あの出版社は。ほら、フリーセックスだからさ、日本のスウェーデンだから(笑)。

…だからって、オレと末井さんを一緒にしないでくれよっ。

…ムキになるところが、また怪しい(笑)。

…いや、それどころか、オレって〝終わってる〟から……。っていうのもね、この前、車に乗ってたら脇道から小学校2、3年ぐらいの女の子が急に飛び出してきたんだよ。んで、(南無三っ!)と思って、ブレーキをガーンて踏んだら、ズガガガ…って3センチぐらい前で止まったのね。で、ちょっと前だったら、相手が小学生だろうがなんだろうが、ガーッて窓開けて、「死にとぅええのくぅわあああっ、くぅおらああああああああっ!!」

って言葉が自然に出たんだよ。ところが、その時に出た言葉が「危ないじゃないかっ、君は！」だよ……。その瞬間、(あ、若いオレは今、キッチリここで終わった)って思ったね。

…うちのカモなんかさ、「コンビニ行くけど、なんか買ってきて欲しいもんある？」って言ったら、「性欲売ってないかな、性欲」って言うのよ(笑)。あと、風呂《ふろ》場でさ、自分の真っ白なチンコ見つめては、「どうしてこんなになっちゃったのかなぁ…」って泣いててさ(笑)。それで私が「昔からただのダメ坊でしょ」なんて話してたら、「お前な、俺は昔、『ナイフ』って呼ばれてたんだよ、凄《すご》いよ」って(笑)。「突き刺すし、どれだけのタイ女が俺の前で行列を作ったもんかわかるか？ 俺が本気になりゃよ、18センチはある」って、その微妙な長さが、また悲しいの。それを目を合わさずに、サッシの外の死んだ昆虫かなにかに話しかけてるし。

…でも、いい数字を言うよね、18センチって(笑)。

…で、そういう板谷くんは結局何センチなのよ？ ずっと「21・5センチ」って言いはってるけどさ。

…その質問を何万回繰り出したら気が済むんだよっ!? しかも自分の夫のカモちゃんに「海外取材中、ズ——っと一緒の部屋に寝泊りするんだから、板谷くんのチンコのサイズを調べてこい」って、フツーそんな指令を出す女がいるかぁ？

…指令なんか出してないよ。ただ、彼は自分のチンコが最大級のコンプレックスみたいでさ。「もし、チンコが3センチ伸びる美容整形手術があったらどうする」って訊《き》いたのよ。そしたら、5分ぐらい考えて「受けるわ」って。「身長とチンコの手術だったら、どっち取る？」って訊いたら、「チンコ」だって。

…ほんとに（笑）。

…でも、女だったら、普通、見た目とか顔の方が大事じゃない。そんなもんね、どうでもいいよ。……で、板谷くんて結局何センチなのよ？　いい加減、白状しなさいよ。

………じ、じゅう………。

…ほらっ、やっぱし21・5センチなんてウソじゃない（笑）。

…じ……じゅ、19・8センチぐらいかな。

…まだ言うくぅわあああっ、貴様はっ!!

…じゃあ、逆に訊くけどよっ。どうして、オレのチンコの大きさが知りたいんだよっ!?　それ知って、ワレに何かメリットがあるんかいっ!?

…だから、からかってるだけなんだよっ（笑）。板谷くんて、20年前から下らないウソをつき続けてて、しかも、それを絶対ウソだって認めないじゃない。

…ふ、不思議なことを言うね、キミという名の哺乳類《ほにゅう》は…。疲れているのかい？

…あんた、絵の予備校で初めて私と話した時に、「ファラ・フォーセット・メジャーズが来日した時、オレってクンニしたから」とか言ってたよね。

…ぶごっ!!（鼻が鳴った音）

…あと、「1年前までホストをやってて、新宿じゃナンバーワンだった」とも言ってたよね。

…そ、そんなこと言ってねえよっ！

…とぼけるなっ。「〝ショコラ〟って呼ばれてた」って得意気な顔してたじゃん！

…いや……だ、だからアレは…。

…そんで、美大の入試に落ちまくったくせに、「オレは日大の芸術学部には合格したんだけど、校舎の色が好きじゃないから入学手続きはしなかった」なんてヌカしやがって！　どうして、そういうバレバレのウソをつくんだよっ!?　とにかく、そういう戯言《たわごと》はいいから、板谷くんのチンコってホントは何センチなのよ？

………………わかった。オレも男だよっ。ホントのこと言うよっ。早い話が、セミクジラのチンコってあるだろ。アレとほぼ同じぐらいだよ。但し、86年の4月に、ナンパしたドイツ人の留学生と一戦交えた時は凄かったね。騎乗位でやったら、ラスト15秒ぐらいは浮いてたからね、その娘。しかも、風見《かざみ》鶏《どり》みたくクルクル回っちゃってさぁ。

…もういいっ!!

◎ゲッツ、水木しげる先生に気に入られる

…板谷くんて、女のコと知り合ったらすぐヤッちゃうもんね。

…また下半身の話題かいっ!?　不潔だよっ、君は!!

…即ハメ。「できる娘」ってわかるんでしょ?

…やっぱりビビッとわかるんだよね。ほら、サイバラの友達のハードゲイのサトちゃんじゃないけどさ、顔見ただけで「あっ、これはイケる」と思うと、99%イケる。そういう赤紫色の信号が出てる。

…赤紫色の信号(笑)。で、ヤリ捨てるわけか。あ…でも、板谷くんのチンコの大きさからすると、板谷くんがヤリ捨てされるのかも知れないね。「あれは小さい」って(笑)。

…なるほど、初めて気がついた……。

…ちなみに、相手の顔を見ただけでチンコの大きさがわかるっていうサトちゃんの眼

力をさらに確かめるためにも「じゃあ、うちのカモのはどう?」って訊いたことがあるんだけどさ。そしたら、「あのね、チンコを透視するには、ズリネタとして相手があえいでいる姿を想像しなきゃいけないの。で、板谷くんは好みだからいいんだけど、カモちゃんはイヤ!」って、それでおしまいになっちゃった(笑)。板谷くんは、ほんと、ゲイの人にモッテモテだから。でもね、ゲイ雑誌の「Gメン」に載った板谷くんのフンドシ姿を見て「ただの水《みず》デブだ」って、サトちゃんガッカリしてたよ。

…水デブ(笑)。あの人たちは厳しいからね。

…極上の身体から最低の身体まで全部見てるからね、あの人たちは。「ホモに捨てるところなし」って言葉があるんだって、アンコウ鍋《なべ》じゃないんだけど(笑)。

…ホモに捨てるところなし…って、プハッハッハッ!

…笑ってる場合じゃないよ。ゲイの人って多いからさ。購買層広げなきゃ。だって、自分がモテる「常夏の国」があるんだよ! そこで売り込まなきゃ大バカじゃん。

…置屋のオカミかいっ、ワレは!

…ゲイの世界では〝お正月物件〟なんだよっ、板谷くんは。

…あ、そうそう。そういえばこの前、漫画家の水木しげるさんに「SPA!」の連載でインタビューしに行ったんだよ。

…あの回はすっごい面白かった。

…んで、インタビューに行く前に、水木さんを紹介してくれた作家の荒俣宏さんにさ、「ゲッツさんは絶対に水木さんに気に入られるよ」って言われたの。で、「えっ、何でですか？」って訊いたら、水木さんは太ってて、ヒゲ生やした奴が大好きなんだって。痩《や》せてる奴は、何百回会っても忘れちゃうんだけど、太っててヒゲ生やしてる奴は、一回会っただけで一生覚えてるんだって(笑)。だから、絶対板谷さんは気に入られますよ、って言われたんだよ。

…ホモ入ってるんだ。しかも、デブ専とかガッチリ系の。

…いや、それはどうだか…。

…淀川先生みたいなもんかな。淀川先生だって、アーノルド・シュワルツェネッガーが来日した時、大変だったたって言うんだもん。「ハグして、ハグして」って。「一緒にお風呂に入りましょう」って、大ごとだったたっていうね。でも、あんなかわいいおじいちゃまにせがまれたら、ほら、誰だってね。

…んで、今年の正月、水木プロから年賀状が届いちゃってさ(笑)。水木本人もゲッツさんの本にハマってます、なんて書いてあって。正直、メチャメチャ嬉《うれ》しかったけどね。

…すごいなぁ。けど、水木さん世代の人たちに気に入られても購買層は広がらないよね。これから途絶える層（笑）。でも、よかったね。

…そんでさぁ、その後の取材で作家の京極夏彦さんに教えてもらったんだけど、水木さんて、もう80歳になってるんだけど印税の計算だけはメチャメチャ速いんだって（笑）。もう、2秒ぐらいで「あ、10万部。なら…何百万ね」って、すぐ出るんだって。あと、「自分はもう80だから、全然仕事なんかしてなくて。全然ダメですよ」って言うんだけど、でも、ものすごい量の仕事をしてるんだってね。今でもホントにバリバリ描いているみたいで。

…水木しげる先生とか、やなせたかし先生なんかの話を聞いていると、戦地から帰ってきた人は違うよね、全然。

…だって、マンガを描き始めたのは40過ぎだって言ってたからね。それであれだけ描いてるっていうのはさ。ある意味、自分自身が一番の妖怪《ようかい》だよね（笑）。

…そういう人に会えて、本当に幸せだったよね。

◎ライター辞めたら、やっぱしヤクザ？

…板谷くんさ、あと何十年ぐらいやってる？　この仕事。

…う〜ん、5年ぐらいじゃないかな。

…仕事替えするんだったら、何する?

…悪いことするだろうね。

…悪いことしかできないよね、もうね。悪いことして、それで懲役食らって、その後もういっぺん書けば、また厚みも出るよね。私はちゃんと面会に行くから。あと、いい弁護士も紹介する（笑）。

…獄中から本出しちゃったりね（笑）。

…「板谷くんからの手紙」（笑）。

…オレが書きたいこと、全部サイバラに漫画にされちゃったりしてね（笑）。

…そういうところはね、私は抜け目ないよ。所詮《しょせん》、やるか、やられるかだから（笑）。

…でも、常識から考えても、今これで文章を書くのをやめて、サラリーマンなんてもちろん絶対できないべ。

…コンビニも雇ってくれないよね。レジで「ピッ」とかできないでしょう。

…できない、できない。

…それも技術的に（笑）。

…だってオレ、2年前にようやく部屋の電球を取り替えられるようになったんだよ。

コンビニなんかでバイトしたら、わからないことだらけで2時間ぐらいで吐くんだろうな。

…ま、そうは言っても家族とかいるじゃない。それを食わしていくためには、それなりに腹くくらなくちゃいけないから。そうするとやっぱり、みんながやりたがらないようなことをやるしかないだろうな。

…産廃業者とか？（笑）

…もっと無茶なことをやるだろうね。

…まあ、とりあえず、親戚《しんせき》のオジさんの組に就職するしかないよね。なんだっけ、稲川会系だっけ？

…そうそう。鉄砲玉でもなんでもいいから使ってもらって。

…その風体じゃ、鉄砲玉ってバレちゃうよ（笑）。鉄砲玉っていうのは、そうじゃないところから急に来るんだから。板谷くんが来たら、「ああ、あからさまにヤバい、この人」ってバレバレじゃない。風貌《ふうぼう》からして鉄砲玉に向いてないんだよ。

…でもオレ、人をやっちゃった後で特別悲しい短歌を詠むよ。それも犯行現場で。

…そういう問題じゃないだろっ。

…しかも、それに点数をつけるよ。自分で。

…もういいよっ（笑）。

…その上、倒れてる相手の口の中にラズベリーを1個入れてあげるよ。

…時間がもったいない。私、もう家に帰るわっ。

ある日仲良しのハードゲイさとちゃんが
だいたいねーどんな男でもその顔みただけでその男のちんこの形大きさがわかるのよね
へん
えっ
でね ほぼ絶対はずれない
あーみてるもんねー はってん場とかねー
あんなこともこんなことも
そう今まで何万本のモノをみてきたことか
じゃあさ21cmって言いはってる板っちって？
あれは小さいたいした事ない

小
小より小さいです
今までウソをついてきました。ああすいません。
今、ボキの心はとてもやすらかです。
さとちゃんありがとう
だってさとちゃん
では今回のおさらい大きく声に出して。
小より小さくたいしたこたない。
これを頭に、今回の文庫を読めば、またちがったおもしろさもあると思われます。

本書は平成十一年十一月に二見書房から
刊行された単行本を文庫化したものです。

バカの瞬《しゅん》発《ぱつ》力《りょく》

ゲッツ板《いた》谷《や》

西《さい》原《ばら》理《り》恵《え》子《こ》=絵

角川文庫 12868

平成十五年三月二十五日　初版発行

発行者――福田峰夫

発行所――株式会社角川書店

東京都千代田区富士見二―十三―三

電話　編集(〇三)三二三八―八五五五

営業(〇三)三二三八―八五二一

〒一〇二―八一七七

振替〇〇一三〇―九―一九五二〇八

印刷所――暁印刷　製本所――コオトブックライン

装幀者――杉浦康平

け 4-3　ISBN4-04-366203-3　C0195

角川文庫発刊に際して

角　川　源　義

第二次世界大戦の敗北は、軍事力の敗北であった以上に、私たちの若い文化力の敗退であった。私たちの文化が戦争に対して如何に無力であり、単なるあだ花に過ぎなかったかを、私たちは身を以て体験し痛感した。西洋近代文化の摂取にとって、明治以後八十年の歳月は決して短かすぎたとは言えない。にもかかわらず、近代文化の伝統を確立し、自由な批判と柔軟な良識に富む文化層として自らを形成することに私たちは失敗して来た。そしてこれは、各層への文化の普及滲透を任務とする出版人の責任でもあった。

一九四五年以来、私たちは再び振出しに戻り、第一歩から踏み出すことを余儀なくされた。これは大きな不幸ではあるが、反面、これまでの混沌・未熟・歪曲の中にあった我が国の文化に秩序と確たる基礎を齎らすためには絶好の機会でもある。角川書店は、このような祖国の文化的危機にあたり、微力をも顧みず再建の礎石たるべき抱負と決意とをもって出発したが、ここに創立以来の念願を果すべく角川文庫を発刊する。これまで刊行されたあらゆる全集叢書文庫類の長所と短所とを検討し、古今東西の不朽の典籍を、良心的編集のもとに、廉価に、そして書架にふさわしい美本として、多くのひとびとに提供しようとする。しかし私たちは徒らに百科全書的な知識のジレッタントを作ることを目的とせず、あくまで祖国の文化に秩序と再建への道を示し、この文庫を角川書店の栄ある事業として、今後永久に継続発展せしめ、学芸と教養との殿堂として大成せんことを期したい。多くの読書子の愛情ある忠言と支持とによって、この希望と抱負とを完遂せしめられんことを願う。

一九四九年五月三日

角川文庫ベストセラー

口だって穴のうち　内田春菊
内田春菊と各界を代表する個性たちとの垂涎のピロートーク。春菊節がさえわたり、つらい気持ち、切ない気分もきれいに晴れる、ファン必読の一冊。

24000回の肘鉄　内田春菊
「奥さんいるくせに」——。妻子あるサラリーマン伊藤享次と女性たちとの孤独でやるせない愛の日々をシニカルに描く、オフィスラブ・コミック。

私たちは繁殖している イエロー　内田春菊
ケダモノみたいに産み落とし、ケダモノみたいに育てたい！　生命と医学の謎に無知のまま挑む痛快妊産婦コミック。ベストセラー、文庫化第1弾！

水族館行こ　ミーンズ I LOVE YOU　内田春菊
水族館をこよなく愛する著者が国内五十ヶ所の水族館を巡る、楽しいエッセイ集。これを読んだらきっと大切な人を水族館に誘いたくなる!!

カモンレッツゴー　内田春菊
ちっちゃいけれどからだは大人。パチンコの腕は右にでるものなし。キュートなクル美が巻き起こすとびきりポップなラブストーリー。

ノートブック　内田春菊
ある日、中学生の綺更は自分のノートに不思議な落書きを見つける。いったい誰がこんなことを？　家族の絆の温かさとせつなさが溢れる三部作。

HOME　内田春菊
新米ママのちょっぴり間抜けな毎日、共働き夫婦と双子の娘の日常……。著者本人の家庭も含めたいろんな家庭のいろんな事情がこの一冊に！

角川文庫ベストセラー

角川文庫ベストセラー

日本細末端真実紀行　椎　名　誠

〝ウッソー〟を連発する女の子が群がる渋谷を嘆き、瀬戸内海の離れ島では自然にいだかれてヒルネを楽しむ。心さわがす旅エッセイ。

長く素晴らしく憂鬱な一日　椎　名　誠

地下鉄駅に佇む夕子。蛇をポケットにしのばせる詩人。孤独や喧噪や疲労をものみ込んでしまう「新宿」という街の物語。

あやしい探検隊北へ　椎　名　誠

椎名隊長の厳しい隊規にのっとって、めざすは北のウニ、ホヤ、演歌。たき火、宴会に命をかける「あやしい探検隊」の全記録。

あやしい探検隊 不思議島へ行く　椎　名　誠

日本の最南端、与那国島でカジキマグロの漁に出る。北端のイソモリ島でカニ鍋のうまさと、国境という現実を知る。東ケト会黄金期。

あやしい探検隊 海で笑う　椎　名　誠

世界最大のサンゴ礁グレートバリアリーフで、初のダイビング体験。国際的になってきた豪快・素朴な海の冒険。写真＝中村征夫。

あやしい探検隊 アフリカ乱入　椎　名　誠

サファリを歩き、マサイと話し、キリマンジャロの頂に雪を見るという、椎名隊長率いるあやしい探検隊五人の出たところ勝負、アフリカ編。

発作的座談会　椎名誠、沢野ひとし　木村晋介、目黒考二

『本の雑誌』でお馴染み、豪放無頼の四人組。酒の肴にもってこいの珍問奇問を熱く・厚く、語りぬいて集成した、最強のライブ本！

角川文庫ベストセラー

あやしい探検隊 焚火酔虎伝《たきびすいこでん》　椎名誠
椎名誠隊長ひきいる元祖ナベカマ突撃天幕団こと「あやしい探検隊」が八が岳、神津島、富士山、男体山へ。焚火とテントを愛する男たちの痛快記。

もだえ苦しむ活字中毒者地獄の味噌蔵　椎名誠
「本の雑誌」を立ち上げた目黒考二を主人公にした表題作をはじめ、「本ばかり読んでいる人生は△である」など、活字にまつわる過激なエッセイ。

発作的座談会2 いろはかるたの真実　椎名誠、沢野ひとし 木村晋介、目黒考二
「忘年会と新年会はどちらがエライか」等々、徹底的に無意味なことを語り合う、途方もなく笑える人気の座談会シリーズ第二弾！

あやしい探検隊 バリ島横恋慕　椎名誠
ガムランのけだるい音に誘われ、さまよいこんだ神の島。熱帯の風に吹かれて酔眼朦朧。行き当たりバッタリ、バリ島ジャランポラン旅！

むははは日記　椎名誠
活字中毒者にして「本の雑誌」編集長、椎名誠が本や雑誌、活字文化にまつわる全てのものへの愛を激しく語った名エッセイ。

かっぽん屋　重松清
性への関心に身悶えするほろ苦い青春をユーモラスに描きながら、えもいわれぬエロス立ち上る、著者初、快心のバラエティ文庫オリジナル!!

のうみそGOODハッピー　CHARA
家族、恋愛、夫、結婚、出産、子育て、そして音楽。ミュージシャン・CHARAが人生に悩むすべての女性たちへ贈るライトエッセイ。